振ってやるから、俺が好きだって白状しろ！

AKUTA
KASHI

鹿嶋アクタ

CHOCOLAT
BUNKO

JM267301

ILLUSTRATION 桜城やや

CONTENTS

振ってやるから、俺が好きだって白状しろ！ 005
あとがき 258

1

すれ違って数秒後、女の子がぱっとこちらを振り向いた。

「ねえねえ、見た？　今のひとめっちゃカッコイイ！」

「うんうん、背高くてモデルさんみたい。それに連れの人も渋くて結構イケてない？」

「ふたりともレベル高いよね。どうしよう、駄目元《だめもと》で声かけてみようか」

背後で会話が交わされる。声を潜《ひそ》めているけれど、内容はここまで届いていた。大学のサークル棟を進みながら、俺はそっと溜息《ためいき》を吐《つ》いた。

（見知らぬ女の子たち、ごめんなさい。俺がイケメンなばっかりに、ひと目惚《ぼ》れさせちゃって――）

よくあることとはいえ、罪悪感を抱かずにはいられない。

俺の名前は葉月優征《はづきゆうせい》。名は体を表すとはよく言ったもので、名前までイケメンだ。

わざわざカラーリングしなくても天然の茶髪はツヤツヤ、その瞳コンタクト？　なんて訊《き》かれてしまうアンバーの瞳。

身長百八十センチの長身、体重六十七キロの所謂《いわゆる》モデル体型は、高校時代サッカー部のエースだった頃から変わっていない。イケメンなだけではなく日々努力を怠《おこた》らないストイックさ。現在大学二年生、ピチピチの十九歳だ。

ちなみにそのサッカーでは全国ベスト十六まで勝ち進んだ。そんな類《たぐ》い稀《まれ》な運動神経にくわえ、それなりの大学を一般で受験し、見事現役ストレート合格した明晰《めいせき》な頭脳も兼ね備えている。

（完璧すぎて、自分でもちょっと怖いっていうか……）

俺は隣へ視線を向けた。

無表情で横を歩いているこの男は白石宇宙《しらいしそら》といって、中学からの腐れ縁で元同じサッカー部員。

身長は俺より二センチ低くて体重は六キロくらい重い。趣味は筋トレ。あきらかに美容院じゃなくて床屋で刈っているであろう短髪。切れ長の眼は鋭すぎて、初対面の女子には受けが悪い。眉がくっきりしてるのと、鼻筋がわりと通っているせいで、イケメンと言われることも多かった。厚めの唇がセクシーだとかなんとか。

（それもこれも俺という超絶美男子が隣にいるおかげだろうけど。葉月効果は偉大だなあ）

ところでコイツ、見た目からものすごい硬派《こうは》だと思われがちだが、実際はただの面倒くさがり屋だった。たまに勘違いした女の子が、コイツのことを渋いとか格好良いとか言っているのを聞くたび俺は失笑《しっしょう》してしまう。

（だってコイツ、見かけによらずというか見かけ通りっていうか、実はむっつりスケベだし！）

今のテニスサークルだって、俺が誘ったらホイホイ入部したくらいだ。自分で誘っておいてなんだけど白石のヤツはサッカー部に入るんだと思ってたから、実はけっこう驚いた。

ちなみにコイツの兄貴の名前は大地《だいち》という。なんだか壮大《そうだい》な兄弟だ。

俺たちの真後ろを歩く女の子たちは、今まさにどちらが声をかけるかで揉《も》めているところだった。さりげなく確認したところ、どちらの子もまあまあ可愛《かわい》い。連絡先を交換してお茶を飲むくらい、けっしてヤブサカではない。

ただもしも彼女たちが本気で俺を彼氏にしたいと思っているのならそこには由々《ゆゆ》しき問題があった。この俺に、彼女を作る気が皆無《かいむ》であるからだ。それは何故《なぜ》か。

中学、高校と激モテのわりに、俺は彼女に恵まれなかった。

特に高校時代はサッカー中心の生活で、部活引退後はすぐに受験の準備へと突入した。多忙な合間を縫うように彼女がいたこともあったけど、何故かどの子とも長続きしなかった。

それというのも歴代の彼女たちが漏れなく全員――異常に嫉妬《しっと》深かったからだ。

携帯チェックは当たり前、相手が女子だというだけでクラスメイトとの会話はおろか、視線が合っただけで怒り狂う子までいた。

（俺があまりにも格好良くてモテモテだから、不安で心配になるんだろうな。うん、その気持ちはよくわかる）

そうたぶん、彼女たちは悪くない。

悪いのは容姿も性格も完璧のうえ、頭脳明晰《ずのうめいせき》で運動神経も抜群《ばつぐん》と、非の打ち所がない俺という奇跡の存在だ。

ふう、とつい吐き出した息は湿っている。

付き合うまえは普通の子だと思っても、いざ付き合ってみたら激変してしまう子もいた。そんなわけで『彼女』という単語だけでつい身構えてしまうんだ。

まあもっとぶっちゃけてしまうと『彼女』という特定の誰かを作るより、たくさんの女の子たちからチヤホヤされたいというのが正直な気持ちだったりする。

そもそも高校時代は朝から晩まで部活漬けの毎日だった。だから俺は、大学へ入ったらできるだけナンパなサークルに入り、女の子たちと明るく愉快に青春を謳歌《おうか》しようと決めた。

そんな俺が選んだサークルはテニスサークルだ。ちなみにこれは、テニスをやっている女の子は可愛くてお嬢様っぽいという、俺の勝手なイメージによる。

それで大学内にいくつかあったテニスサークルのうち、一番緩そうなサークルを選んだ。適当にバイトもしたかったから、あんまり忙しくなさそうなところがよかった。

「おい葉月、あんまチンタラ歩くな。ミーティングに遅れるぞ」

ふと白石が横目でこっちを睨みながらぼそっと呟いた。

「ごめんごめん。俺、女の子のゆっくり歩調に合わせるのが癖になっちゃって」

ぺろりと舌を出す茶目っ気たっぷりの俺に、白石はチッと舌打ちしてみせた。どんなに素っ気ないフリをしたところで、それは本心の裏返しだと知っている。だってコイツは――。

と、俺の思考を遮るように「あの！」と背後から声をかけられた。

（おっと、きたか）

嬉しい気持ち半分、ちょっと困惑する気持ち半分。笑顔で背後に向き直ると女の子たちはほとんど同時にその頰を赤らめた。

「えーと、なんでしょう？」

決心して声をかけただろうに、ふたりは急にまごつきはじめた。真正面から見る俺の美形ぶりに、きっと恐れをなしたんだろう。彼女たちの緊張をほぐすため、俺は微笑《ほほえ》みを深くした。

「おい、はやくしないと遅れるって言ってんだろうが」

空気を読めない白石が、苛立ちもあらわに言い放つ。ドスの利いた声を聞かされて、可哀想《かわいそう》に女の子たちはびくりと身体《からだ》を竦《すく》めた。友人のフォローをするため、俺は慌ててふたりを取りなした。

「ごめんね、今ちょっと急いでいて。もしよかったら、今度また改めて——」

俺のことばを遮って、白石の怒声《どせい》が廊下に響いた。

「葉月！」

ごめんね、ともう一度謝ってから、サークル室前で佇《たたず》む白石のもとへ駆け寄った。鬼の形相で俺のことを待っている。その背後に怒りのオーラが立ち上っているのが見えるようだ。女の子たちは、そそくさと逃げ出した。

「なにやってんだ、おまえ」

「なにって……逆ナンされてた？」

俺は小首を傾げてみせた。普通だったら百八十センチの男がこんな真似をしてもただただ寒いだけだが、この俺に関しては愛くるしいばかりだろう。

白石の眼がすっと細くなった。

「もう皆集まってる。先輩たち待ってるぞ」

「は？　バカ、それをさきに言えって！」

白石を押し退けるようにして、慌てて扉へ手をかける。なかを覗《のぞ》くと友人の言う通りメンバーはほぼ揃っていた。

（わー、ヤバイ！）

いくら緩いとはいえ、一応体育会系のサークルだ。上下関係には厳しい。気づいた数名がこちらを振り向いた。

「葉月先輩、白石先輩、おはようございます！」

一年生が挨拶してくるのに片手をひらりとさせ、口々に挨拶を寄越す女子メンバーへ微笑みかける。

背後から白石の溜息が聞こえ、てへへと可愛らしく舌を出したら後頭部をどつかれた。

「これで皆揃ったわね。それじゃこれから夏合宿のミーティングをはじめます」

部長のことばに「すみませんでした！」と白石ともども頭を下げて着席する。片方の眉を僅《わず》かに跳ね上げて、部長はわずかに頷いた。

このサークルの部長は一宮奈々子《いちのみやななこ》先輩。大学の三年で約身長百六十センチの痩《や》せ型、眼鏡《めがね》をかけている。絵に描いたような委員長タイプで、昔から俺はこの手のタイプとは相性が悪かった。マイペースな俺に相手が苛々《いらいら》してしまうパターンだ。

ふと二年の吉原《よしわら》がまわりを見渡して口を開いた。彼女はサークルで一番可愛いので、狙っている男は多いと思う。艶《つや》やかな髪は上品な栗色で、顔立ちも服装も清楚《せいそ》な印象だ。

「あの、副部長がまだみたいですけど、いいんですか？」

「太田《おおた》君は用事があってちょっと遅れてくるから、さきに始めるように言われてるの。言わなくてごめんね」

「いえ、私こそ失礼しました」

と、ようやくミーティングが始まった。今日の議題は再来週に迫った夏休み中の合宿についてだった。

一応任意という名目だが、基本的には全員参加だ。

「宿泊代、諸経費を合わせてひとり三万円、これを来月の十日までに徴収《ちょうしゅう》するから用意しておいてね。諸経費の内訳はあとで出すけど、高速代、ガソリン代、あとバーベキューの材料代その他諸々《もろもろ》」

宿泊施設は海の見える温泉宿ということで、俄然《がぜん》皆のテンションが上がる。夜には近くで花火大会もあるらしく、イベント盛り沢山だ。

ちなみに合宿と言いながら、現地では特にテニスをするわけじゃない。別にテニスはこっちでもできるし、という潔《いさぎよ》さに感動だ。

「あと、現地までの足なんだけど、太田君と白石君それに本間《ほんま》君が車を出してくれることに——」

部長が言いかけたところで、扉がトントンとノックされた。中からの返事を待たず、ひょっこり顔を覗かせたのは副部長の太田先輩だった。

坊主《ぼうず》に近いスポーツ刈りで色黒の先輩は、テニスプレイヤーというよりラガーマンに見える。身体がゴツいのは昔柔道をやっていたからだと言っていた。

部長がツンとしているぶん副部長はおっとり穏やかで、気は優しくて力持ちを絵に描いたようなひとだった。

「遅れて悪い。一宮、つづけてくれ」

「ええと……そうそう太田君たちが車を出してくれるってところまで伝えたんだよね。それと現地に着いてからの買い出しについてなんだけど――」

「僕、やりますよ」

隣の白石が名乗り出たのでちょっと驚いた。

「あ、ホント？　それじゃあ白石君にお願いしようかな。ひとりだと大変だから誰かほかに……」

「それなら大丈夫です。コイツと一緒にやるんで」

馴れ馴れしく肩を組んでくる白石にぎょっとする。

「は？」

「そう、決まりね。それじゃあ次は……」

疑問を差し挟む余地のない、滑らかな流れに俺はもう一度「はい？」と呟いた。

白石の顔をマジマジと眺めると、同じように見つめ返された。絡み合う視線。ふたりのあいだに流れる微妙な空気。慌ててそれを振り払う。

「おまっ、ふざけんなよ。なんで勝手に……ッ」

ミーティングの邪魔にならないように囁《ささや》き声で抗議する。白石は面倒くさそうに遮った。

「別にいいだろ。車あるんだし」

「全然よくない。皆が遊んでいる時になんで俺が」

女の子が一緒ならまだしも、コイツとふたりでお買い物とか罰ゲームか。

「うるせえ。グダグダ言わず俺と付き合え」

「――――ッ」

正面から見つめられて絶句する。コイツはなんで無駄に男らしいんだ。

（付き合えって……え、え、なにこれ告白？　告白なの？）

話の流れから買い出しのことだとわかっているのに、つい裏の意図を探ってしまう。

狼狽《うろた》える俺に駄目押しするように白石が言った。

「おまえをひとりにすると、絶対になにか問題を起こすだろ。合宿中に揉め事はご免だ」

腹が立つことに、白石のことばに反論できない。どこにいても人眼を惹《ひ》き付けて離さない俺なので、トラブルに巻き込まれることがよくあった。

カップルの女の子が俺に見蕩《みと》れてしまい、嫉妬した男に難癖《なんくせ》つけられるとかしょっちゅうだ。そんなとき俺の隣にいることが多い白石は、とばっちりを食らうハメになる。そんな負い目もあり、俺は観念しつつあった。それでも負け惜しみのようなことばが口をつく。

「そんな雑用、一年にやらせればいいのに」

おまえが勝手に引き受けたことなのに、どうして俺まで付き合わなきゃならないんだ。

なんて言いながら、本当はその理由だって察しがついていた。

伊達《だて》に中学からの付き合いじゃないんだ。おまえのことなんか俺にはすべてお見通しだ。

（白石おまえ、俺のことが好きなんだろ？）

買い出しにかこつけて俺とふたりっきりになろうとするなんてずいぶんな策士だ。コイツみたいな単細胞は玉砕《ぎょくさい》覚悟で向かってくるかと思いきや、意外だった。それだけ俺を落とそうと本気なのかも。

そりゃ俺もコイツも男、野郎同士だ。正攻法じゃ万にひとつも勝ち目がないと、あいつもわかっているんだろう。

（万にひとつっていうか、億にひとつもないけどな！）

だって俺はホモじゃない。というか白石だって厳密に言えばホモじゃない。筈《はず》だ。もう別れちゃったみたいだけど、大学に入ってすぐの頃は彼女がいたし。ちなみに童貞じゃないことも確定してる。

だがしかし。俺のこの類い稀な美貌《びぼう》をまえに、性別の垣根なんか軽く飛び越えて、恋に落ちてしまったとしても無理はなかった。

何しろ俺はよくモテる。女の子からモテるのは当然として、一部の男たちにまでモテてしまう始末だ。

ガキの頃は背もちいさくて、女の子に間違われることも多かった。悪ガキによく眼をつけられたのも、今思えば好きな子ほど虐《いじ》めたがるっていうアレだしな。

公園でどっかのガキ大将に泣かされて、別の小学生に助けられたのは、完全なる黒歴史だ。稲妻のように現われて上級生を蹴散らしてくれた少年のことをぼんやりとだが覚えている。ちなみにふたり揃って俺のことを美少女だと勘違いしているようだった。

（あのときスペシャルウルトラライダーキックをかましてくれた見知らぬ少年よ、ありがとう）

中三になって背が伸びるまではずっとそんなで、告白してくる野郎があとを立たなかった。非常に迷惑な話だが。

だからデカくなった今もトチ狂うヤツがいたとしてもおかしくはない。それが知り合いというか、親友だというのはちょっと予想外だが。

（なんという魔性《ましょう》の俺……！）

己《おのれ》の魅力に戦々恐々《せんせんきょうきょう》とする俺の耳に、白石の囁き声が届いた。

「あんまりごねると部長に睨まれるぞ」

その原因を作ったのは誰だと思ってる。これみよがしに溜息を吐いてやった。

「ああもう、わかったって。付き合えばいーんだろ」

ニコリともせず白石が頷いた。この野郎、ちょっとは俺に感謝しろ。この可愛げのない態度は、きっと本心の裏返しに違いない。

（あーあ、そんなに俺と一緒にいたいのかよ。いくら俺に惚れてるからって強引すぎ）

白石のヤツ、ひょっとして俺がまだ何も気づいてないと思ってるんじゃないか。これだけあからさまな態度を取られたら嫌でも気がつくっての。親友を舐められちゃ困る。

（ここまで言っておいて、もし俺の勘違いだったら笑えるけどなー）

そんなことを思いつき、俺はひとりでかぶりを振った。

いや、それだけはあり得ない。白石は俺に惚れている。迸《ほとばし》る俺のシックスセンスに間違いはない筈だ。もし間違ってたらこの髪を丸刈りにしたってかまわない。

（まあ、俺が坊主になったところで、カッコイイお洒落《しゃれ》坊主にしかならないけど）

外国人モデルも真っ青の、完璧なカーブを描くこの後頭部。ドーナツ枕と母親に感謝したい。

「――って、なあ。人の話聞いてるか？」

白石に肩を揺すぶられ、俺は両目をまたたいた。

「ごめん。今ちょっと母親とドーナツ枕に感謝するのに忙しくて……なんの話？」

「……」

何故か苦い表情の白石から「天然もほどほどにしておけ」ということばを承《うけたまわ》る。天然？　確かに俺はナチュラルビューティーだが。その美しさたるや、ほどほどなんてレベルはとっくに超えている。忠告だとしたら的外れもいいところだった。長い付き合いながら、たまに白石は意味不明だ。

おい、と気を取り直すように白石が言った。

「合宿の送迎の件。皆とは大学で待ち合わせだけど、おまえんトコ近所だから家まで迎えに行ってやる」

「マジで？　やった、ラッキー」

「そのかわり、途中で運転交代しろよ」

「あ、俺高速乗ってみたい！」

「ふざけんなよ、ペーパードライバー」

俺もまわりも雑談で収拾がつかなくなったところで、ミーティングは終了した。

さっさと部室をあとにする者、そのまま居残ってだべる者、さまざまだ。

白石は副部長と二年の本間とともに、宿までのルートを地図で確認するとかで、予備ドライバーの俺も問答無用で同席させられた。

「このICを降りてからは十五分程度で着く。ってことでルートは大丈夫そうか？」

「たぶん大丈夫だと思います。わからなくなったらカーナビに頼ります」

元気いっぱい本間が答える。あんまり道を覚える気はなさそうだ。

「そういやおまえの車、カーナビついてないじゃん」

「大丈夫か、白石？」

副部長が訊《たず》ねると、白石は不敵な笑みを浮かべてみせた。ぐっと頭を引き寄せられ、動揺する。

（え、なになに、なんだ？）

内心慌てる俺の耳に、白石の声が聞こえてきた。

「コイツが隣でナビしてくれるんで、余裕ですよ」

「そ、そうか」

頷く副部長の声が上擦《うわず》っている。男同士が突然ぎゅうぎゅうに引っ付いたら誰でも驚くに決まってんだろうが。

いっぽう本間は、おまえらほんっと仲いいなあ、とかのんびり笑っている。

（あ、ちょ……えっ、なんで……⁉）

ひとの頭をぐりぐりしていた手が、じりじりと降りてゆく。肩を撫で、背中をたどり、最終的には腰を掴まれた。

なんか背中がぞわぞわするし、太田副部長の視線が肌に突き刺さって痛い。

「お、まえ……やめろよ」

どうにか身を捩ると、白石はあっさり身体を離した。

「ああ、わりいな」

そうやって屈託なく笑われてしまうと、こっちも口を噤《つぐ》むより仕方ない。なんだろうか、この妙な空気は。

（おいおい、副部長まだこっち見てるんですけど……）

自分でもよくわからない羞恥《しゅうち》に見舞われて、かあっと頬が赤くなる。なんだか妙な空気だった。

それを断《た》ち切るように本間が言う。

「温泉もバーベキューも楽しみっすね！」

「去年は近場で大したモノもなかったからな。そのかわり今回はドライバーのおまえたちに負担かけちまうが、よろしく頼む」

はい、といい返事をする本間の隣で、白石もしっかり頷いている。

そうこうしていると、副部長が他の仲間に呼びだされた。俺の顔を見てなにやら言いたそうだったが、結局そのまま立ち去ってゆく。

おまえたちの仲はどうなってるんだ、と訊きたかったのかもしれない。

誰にも気づかれないよう、俺はふうと息を吐いた。ああもうなんだこれ面倒くさい。

（白石のヤツめ。俺が好きなら、好きだってはっきり言えばいいのに）

そうしたら、きっぱりしっかり振ってやる。

だって俺は女の子が好きなんだ。確かに白石はいいヤツだけど、男とどうこうなるとかまったく微塵《みじん》も考えられない。第一、駄目なものは駄目だってはっきり伝えてやったほうが絶対コイツのためにもなるんだから。

だってそうだろ。叶《かな》わぬ想いなんかとは決別して、新しい恋を探したほうがいい。もどかしいのは、こちらからはアクションを起こせないことだ。告白もされてないのにお断りしたら、こっちがイタイ勘違い野郎でしかない。

「は？　おまえになんか惚れてねえよ」

白石にそう否定されてしまえばそれまでだ。だから白黒はっきりつけるためには、コイツのほうから告白してくれなきゃ駄目だった。

気持ちを打ち明けられて、それを断って、しばらくは気まずい状態になるだろう。でもそれだって一時的なものにすぎない。

中学から大学まで一緒の友達なんて、俺には白石しかいないし、コイツもたぶん俺だけだと思う。

ただの腐れ縁だって言ってしまえばそれまでだけど、付き合いの長さは一番だった。

こんなことくらい、と振るほうの俺が言っちゃ駄目かもしれないけど、それでも敢《あ》えて言わせて貰うが、こんなことくらいで俺たちの絆《きずな》が損《そこ》なわれるなんてあり得ない。

（まあ、あれだ。葉月優征という唯一無二《ゆいいつむに》の存在を失恋くらいで手放せるわけがないからな！）

そんなことを考え込む俺の横で、白石と本間がやりとりをしているのが耳に入る。

「あ、また葉月君違う世界に入ってる」

「このバカは……こんなにぽやぽやしてて、よく無事で生きてるよな」

「それは白石君のおかげじゃないかなー」

全部聞こえてるし、そもそも俺はぽやぽやしているんじゃなくて思慮《しりょ》深いんだ。

大変だよねえ君も、とかなんとか本間に言われた白石が、もう慣れたと苦笑しているのが気に入らない。

（俺にメロメロのくせに、なんだそれ）

照れ隠しなのかもしれないが、ひとのことを厄介《やっかい》者みたいに言いやがって腹が立つ。

告白されたら絶対に絶対に断ってやる。

改めて俺はこころを決めるのであった。

2

それにしても。わからないのは、白石がいつから俺に惚れているのかだ。

中学や高校時代は至って普通だったと思う。頭を捻《ひね》っていくら考えてもよくわからない。

言えるのは、白石がおかしくなったのは大学に入ってから――それもこの春先くらいからだってことくらいかな。

もともとあいつはベタベタじゃれてくるようなタイプじゃない。それが急激にスキンシップが増えはじめ、現在に至るというわけだ。

ちなみにふたりで出かけたときや互いの家に寄った場合には、白石の態度におかしな点は見当たらない。

あいつの距離感がおかしくなるのは、サークルのときが多いような気がする。

白石の不審《ふしん》な行動に気づくきっかけとなった出来事がある。

確か今年の春休みの頃の話だったと思う。練習後、サークル棟のシャワー室で俺は汗を流していた。

シャワーブースは横並びに五つあって、まだほかに空きがあるにも拘《かか》わらず、白石は突然俺のシャワーブースへ侵入してきた。

「え……っ？」

突如《とつじょ》目の前に現われた全裸の友人を見て、思わず思考が停止する。

降り注ぐシャワーが俺の視界をけぶらせていた。

二センチの身長差は、正面に立たれるとほとんど気にならない。それよりも、俺より広い肩やらぶ厚い胸板のせいで、異様な威圧《いあつ》感を受けた。

両手を壁につき白石がじっと俺を見る。お互いヌードで肌が密着しかねないギリギリの距離。呆然《ぼうぜん》としていると、白石の肩越しに太田先輩がぎょっとする顔が見えた。先輩が慌てた様子で立ち去る姿を見て、ようやく俺は我に返った。

「……あの、なんか用スか……」

俺が訊ねると白石はしばらく口ごもったあと、ぼそっと呟いた。

「シャンプー貸してくれ」

「俺の、リンスインじゃないけど……」

「おう」

「コンディショナーは？」

「いらねえ」

シャンプーのボトルを受け取ると、白石はさっさと俺のブースから出て行った。

（え、なに？　なに？　なんだったの、今……？）

ひとり残され狼狽える。白石の謎すぎる行動だった。

だってシャンプーを貸して欲しいだけなら別にブースの中まで入ってくることないじゃん。冗談にしては笑えないし。

でもこれだけだったら、きっとそのうち忘れていたと思うんだ。

それから何事もなく着替え終わり、帰りの電車内でのことだ。

路線が違う皆と別れ、俺と白石のふたりだけになった。借りていたブルーレイを持ってきていたことを思い出し俺は白石へ手渡した。

やつがそれをバッグの中へしまうとき眼に入ったもの。白石がいつも使っているリンスインシャンプーのボトル。それが、タオルの下からはみだしていた。

（あれ。シャンプーは忘れてきたんじゃなかったのか……）

俺の視線に気がついたのか、白石は素早くバッグのファスナーを閉めた。まるでこちらの眼に触れさせまいとするみたいだった。

「なあコレ、どうだった？」

白石がブルーレイを目の前でかざしながら訊いてくる。

「あー……途中怠《だる》かったけど、おまえが言ったとおり最後まで見たら面白かった」

「だろ？　あのラストもさ、意外っていうか」

「そうそう！　おまえがとにかく最後まで見ろって言ってたのよくわかった」

相手のことばに同意すると、白石は思い切りドヤ顔で頷いた。

「あったわー貸した甲斐あったわー」

「なあ、俺が貸したヤツはどうだった？」

「あれなー。あれは寝た」

「寝るなよ」

ちょっと引っかかるものを感じたけど、そのときの俺は流してしまった。

このときを境に徐々に白石がおかしくなっていって、そういえば、と後日気がついた次第だ。

モヤモヤした気持ちを抱えつつ、表面上は俺たちの付き合いに変化はない。

必修やゼミも被っていることが多く、距離を置くのは難しかった。それにサークルのとき以外は普通だ。

そもそも中学から大学まで一緒なんてヤツ、白石の他にいなかった。別に一緒の大学に行こうと話し合ったわけじゃなく、たまたまの結果なんだけど。他の友達に話すとけっこう驚かれる。

（でもたまたまと思ってるのは俺だけで、密《ひそ》かにあいつが俺のことを追いかけた結果かもしれないし……?)

そんなこんなで前期末のテストやら面倒なレポートもすべて終わらせ、特に進展もないまま――あっても困るが――待望の夏休みに突入した。

来年はそろそろ就活も視野に入ってる頃だろうし、純粋に楽しめるのは今年が最後かもしれない。

そしていよいよ夏合宿の日。

サークルの皆と最後に集まったのは、勉強お疲れさま飲み会だ。とはいえそれもほんの一週間まえのことだから、それほど久しぶりという気はしない。

白石に至っては二日前に会ったばかりだ。合宿に必要な買い物に付き合ってもらったので、文句を言うつもりは微塵もありません。

そんな二日ぶりの白石が朝の六時に自宅まで迎えに来てくれた。俺は半分寝ぼけた状態で車に荷物を詰め込み助手席に乗り込んだ。

普段白石は兄貴と兼用で中古のオフロード車を乗り回している。

でも今日は親に借りたというセダンで来た。長めのドライブになるから居住性を優先させたのかも知れない。

免許を取ってまだ一年くらいのわりに、白石の運転はこなれている。

「あー……水着の女の子たちとの出会い、楽しみだなあ」

「合宿中にナンパするつもりかよ。部長に殺されるぞ」

「大丈夫。絶対に見えないところでするから」

上機嫌で答えると運転席で白石がふうと溜息を吐く。珍しいな、とつい相手を窺《うかが》うと、白石は前を向いたままぼそりと言った。

「いい加減、誰かひとりに決めて、まともに付き合ったらどうだ？　もともとおまえ二股が得意ってキャラじゃないだろ」

「なんだそれ。二股どころかひと股もしてないけど」

「ひと股って言うな」

自分で話題を振っておいて白石はそれ以上やりとりをする気はないらしい。自分だけすっきりして満足かよ。思わず相手に噛みついた。

「そんなこと言ったって、彼女作ってまた変な相手だったらどうすんだよ。俺、今度こそ立ち直れないかも」

今度真剣にお付き合いをするとしたら、束縛《そくばく》されても一緒にいたいと思えるような相手がいい。

「俺が言いたいのは無理して遊ぶなってこと。おまえ、いつか絶対痛い目みるぞ」

「おまえは俺の母ちゃんか」

ついそう返したが、むしろ母親だったらここまで干渉《かんしょう》しないだろう。窓の外を眺めながら俺はふと気がついてしまった。

（まさかコイツ、暗に自分と付き合えとかって言ってるのか？）

運転する白石の横顔を盗み見る。そうだとしたらなんて厚かましい男だろう。それに眼鏡なんかかけているせいで、インテリやくざみたいだ。胡散臭《うさんくさ》い。

「なにひとの顔見てたんだ」

「うん、眼鏡似合わないなあって……」

「うるせえ。俺だって好きでかけてるわけじゃないっつの」

「コンタクトにすれば？」

「目ン中に物入れるとか正気か。運転している時以外は必要ないからいいんだよこれで」

頑固《がんこ》な友人に俺はふーん、と頷いた。まあ俺の美貌が見え過ぎると、コイツの心臓が保たないのかもしれないし。

俺もコイツも朝が得意なほうじゃない。なんとなく、それきり会話が途切れてしまう。沈黙が気詰まりな間柄でもないが、せっかくのドライブに無音なのも寂しかった。白石から文句が出ないことを確認し、トランスミッターに自分のスマホを接続する。

「おまえのほうこそどうなんだよ」

反撃するつもりで訊ねると、白石がどうとは？　と普通に訊き返してきた。すこし意地の悪い気持ちで口を開く。

「だから彼女とか……好きなヤツとか」

一年の頃白石には彼女がいたが、いつのまにか別れていて、それ以来フリーの筈だ。

そりゃ、俺に片思いしているんだから当然と言えば当然か。

なんて言って誤魔化《ごまか》すのか、もしくは誤魔化さないのか。固唾《かたず》を呑《の》んで返答を待つ俺に、
白石は面倒くさそうに吐き捨てた。

「別に。俺のことは関係ないだろ」

「関係なくないから教えてください」

「あ？　なんでだよ」

「なんでってそりゃ……」

当事者だからに決まってる。けど、そんなこと勿論《もちろん》ストレートに言えるわけがなかった。

もごもご口ごもっていると、不思議そうな顔で白石がこちらへ向き直った。

いつのまにか信号は赤に変わっている。

「おまえがこんな話俺に振ってくるなんて珍しい。なあ、どうかしたのか？」

あ、と俺は固まった。

この声この表情。白石の本気モードだ。これは真剣に踏み込んでもいいんだろうか。

（おまえ、俺のこと好きなんだろ）

一度口にしてしまえば俺たちはもう友達には戻れない。――とは思ってないけど、やっ

ぱりしばらくはぎくしゃくするだろう。それに今日から合宿でお互い逃げ場がない。俺だって多少は躊躇《ちゅうちょ》する。

でもせっかくのチャンスだしな。覚悟を決めよう。

俺が声に出して告げようとした瞬間だった。ステレオから軽快なイントロが流れ出した。ハッとして隣の白石を見る。

「おい、この曲……っ！」

「うおっ、懐かしいな」

プレイリストはジャンルもアーティストもバラバラで好きな曲だけぶちこんでいる。その中でもすごく好きな歌だった。

もう貫禄《かんろく》のおっさんたちだけど、ライブとかじゃいまだに無茶振りするロックバンド。特に高校時代によく聴きまくっていた。

「これ歌詞はけっこう切ないのに、ＰＶは笑えるんだよなあ」

「うわー、ライブ行きてー」

ふたりして無言で聴き入って、再度頭からリピートする。俺がボーカルと一緒に小声でメロディーをなぞっていると、いつのまにか白石も加わり気がつけば車内がステージになった。

歌詞が英語なので、たまにあやしいところはお互いごにゃごにゃと誤魔化しておく。運転しながら白石が吠えた。
「うおお、デイブ……！」
「いやー、青春すなあ」
そういえば、このバンド白石のお兄さんに教えてもらったんだよな。
借りていたCDケースにうっかりヒビを入れてしまい、何故か白石が本の角で殴られて
俺はお咎《とが》めなしだった。懐かしすぎる思い出だ。
恋バナの雰囲気が木っ端《こぱ》みじんに砕け散ったところで、待ち合わせ場所の大学正門前へ
到着した。
全員揃ったところで、太田先輩のミニバンに七人、本間と白石の車に五人ずつ乗り込み
出発する。
（俺としたことが初期選択ミスをしてしまった……！）
深く考えず助手席に座ってしまったことを俺はひたすら後悔した。後部座席には女子が
三人座っており、その中のひとりはサークルで一番可愛い吉原だった。
女の子同士で盛り上がることが多く、俺はたまに間の手《あいのて》を入れて参加するくらいしかで
きない。
「おい葉月、ちゃんとナビしろよ」
「大丈夫大丈夫。この俺が完璧なナビを……あっ」

「……あ？」

「ええと……今通り過ぎた道を右へ曲がると、高速の入り口だから」

「……」

すこしだけ遠回りになってしまったが、無事高速道路へ乗り込んだ。他の車から遅れを取り戻すために、俺は白石にアドバイスをした。

「なあ百五十キロくらい出さねーの？　すぐに先輩たちに追いつくぞ」

「出すわけねーだろ」

俺たちのやりとりを聞いていた吉原が「君たち仲いいんだねー」と微笑んだ。

「仲良くねーよ」

「仲悪いから」

期せずして白石と声が揃う。と、後部座席の女の子たちが一斉に爆笑した。ふたりでうんざりした顔を見合わせる。

運転を交代しろ、と言ってたわりに、白石は結局俺にハンドルを譲らなかった。元より問題などあろう筈がない。

唯一残念だったのは俺の華麗なドライビングテクニックを女子に披露《ひろう》できなかったことくらいか。

免許取得後、公道で走った回数わずか三回の俺は思った。

高速を降りたら十五分ほどで、目的地のホテルへと辿り着くはずだ。遺憾《いかん》なく俺のナビ能力が発揮《はっき》されたおかげで、他の車からもさほど遅れはなかった。

海岸線沿いに走っていると、やがてビーチが視界に飛び込んでくる。地図によるとそろそろホテルが見える筈なんだけど。そう思っていると、ふいに女の子たちから歓声が上がった。

俺もつられて窓の外へと眼を向ける。どどーんと縦にも横にも大きな建物が見えた。たぶんあれがこれから泊まるホテルだろう。

「わあすごーい、お城みたい」

「お城通り越して要塞っぽいけどな」

女の子の漏らした感想に白石がすかさず突っ込みを入れる。

車をホテルのアプローチへ寄せると、すぐにボーイが駆け寄ってきた。車と荷物を預けて中へ入る。

ロビーに足を踏み入ると上品なグレーの絨毯《じゅうたん》に爪先が軽く沈み込んだ。中央の豪奢《ごうしゃ》な花瓶《かびん》からは色とりどりの花がこぼれ落ちんばかりで、ほどよく配置された調度品からも高級感が滲《にじ》み出ていた。

最近改装したばかりのホテルは、外観はもとより床も壁もピカピカだ。

「なんか想像してたより凄いな」

白石も横で感心している。しかし俺は知っていた。

俺たちが泊まるのはこの建物じゃなくて旧館のほうだから、料金が安いだけあって設備も古い。――という話を事前に一宮部長から聞いていたので、過度《かど》な期待は禁物であると。

その部長が代表でチェックインをすませる。

女の子たちが三人部屋をみっつ、野郎どもは四人部屋がふたつ。部屋割りはくじ引きで決めたんだが、ついていないことに俺は白石と同室だった。

（白石め。しどけない俺の寝顔を拝《おが》もうと、くじに何か仕込んだんじゃ……？）

つい疑心暗鬼《ぎしんあんき》にもなろうというものだ。当の白石は涼しい顔で、ロビーではしゃぐ幼児を眼で追っている。

残りのふたりは三年の木村《きむら》と一年の小林《こばやし》という男たちで、ひょっとしたら名前は逆だったかもしれないが、心底どうでもいい。

「じゃあ落ち着いたら三十分後ロビーで待ち合わせね」

夕食までの時間、皆でビーチに繰り出すという。まだ夕方と言うには早い時間で、ビーチも人であふれていた。

「海とか久しぶりでヤバイ」

「おう、ヤバイな」

「うんヤバイ」

白石とまったく実にならない会話を交わす。でもそれくらい俺は楽しみだった。最後に海に行ったのは、確か高校一年の頃だ。去年の夏合宿は山だったし、プライベートでもなんだかんだ海へ行きそびれてしまった。

なにしろはりきりすぎて俺も白石も自宅から既《すで》に水着を装着済みである。

部屋は和室で、思ったよりも広かった。ベッドじゃなくて布団というのも新鮮だ。

皆の着替えを待ちロビーへ向かうと、女の子たちの姿はまだなかった。三十分を一分ほど過ぎた頃、ようやく部長たちが現われる。

「待たせてごめんね」

いつも低い位置で髪をまとめている部長が珍しくお団子《だんご》ヘアにしていて新鮮だった。恐るべし、海。

他の女の子たちもパーカーにショートパンツもしくはTシャツにミニスカートという装いで、普段サークルで似たような格好を目にしているのに、その下は水着なんだと思うだけでいつもよりぐっと可憐《かれん》に見える。

「俺の求めていた夏がここにある！」

テンションの上がった俺は、隣にいた白石の腕にしがみついた。

「なにやってんだ、おまえ」

白石の冷静な声がうしろから聞こえた。

って、うしろ？

驚いて自分の隣を見る。そこにいたのは白石ではなく副部長だった。

「あっ太田先輩、すみません！」

慌てて身を離し謝罪する。サッカー部の頃は、このくらい先輩にじゃれることもあった。でも副部長とはそこまでの関係じゃない。全然ない。

別に仲が悪いとかじゃないんだけど、寡黙《かもく》なひとなので絡みかたが正直いまだによくわからなかった。

「いやいや、大丈夫だ」

副部長はぎこちない笑みを浮かべて言った。やっぱりこの手のバカ騒ぎは苦手なたちなんだろうな。反省反省。

それにしてもこれは、小学生の頃先生をお母さんと呼んでしまった時以来の気まずさである。

「副部長になにやってんだバカ」

白石に突っ込まれたので、照れ隠しもこめて相手の首をホールドした。

「うるさいな、おまえと間違えたんだよ」

ぎゃあぎゃあ騒ぐ俺たちを無視し、部長が皆を連れてロビーをあとにする。白石とふたりで慌ててその背中を追いかけた。

ビーチまではホテルの入り口から徒歩五分くらいの距離だった。

白い砂浜とまではいかないけど、俺的には海ってだけで充分すぎる。

日頃の行いが良いからだろう、空は抜けるような晴天だった。遮るもののない太陽がじりじりと肌を焦《こ》がしてゆく。

俺はサングラスをかけて、パーカーのフードを目深《まぶか》に被りなおした。肌の色が白いせいか、昔から陽に当たり過ぎると日焼けを通り越して火傷《やけど》に近い状態になる。

サングラスも単なるお洒落じゃなくて、眼を防護《ぼうご》するための必須アイテムだ。

そういえばサッカーの試合では、選手なのに色白だったせいで目立っていた。まあ俺の場合ほかにも目立つ要素が多々あったわけだけども。

皆で張ったテントのしたで、ようやくパーカーを脱ぐことができた。

「わあ葉月先輩、めっちゃ美白。普段から日焼け止めとか塗ってるんですかー？」

「塗ってないよー。もしおすすめとかあったら教えて。なんなら今、塗ってくれてもいいよ」

セクハラまがいの冗談だったが、女の子たちは笑ってくれた。

黙っていると近寄り難いと言われてしまうので、こうして敢えておっさんくさい台詞《せりふ》を口にする。そんなちいさな努力の積み重ねによって、今では女の子たちから気さくに声をかけてもらえる存在になった。黙っていてもモテるが、けっして驕《おご》らない俺である。

女の子に日焼け止めを塗ってもらっていると、白石が遠くから声をかけてきた。

「おい葉月、ビーチバレーだって！　おまえも入るか？」

「うん入るー」

返事をしてからハッとする。たぶんこれは俺のハーレムを阻止《そし》せんとする白石の奸計《かんけい》だ。

うっかり乗ってしまうなんて不覚すぎる。

でもまあ女の子たちときゃっきゃうふふするのも勿論楽しいけど、太陽のした皆で健全にビーチバレーってのも悪くないかな。せっかくの海だ、満喫《まんきつ》してやる。

ちなみに一年の小林がビーチボールを持ってきていた。なかなか気の利く男だ。

ネットなんてないから、砂浜にラインを引いてコートにする。

女子男子合わせた五人編成で即席チームを作り試合形式でボールを打ち合った。

これがめちゃくちゃ盛り上がって、メンバーを交代して何度か試合をする。全員一巡したところで、ひとまず解散となった。

そのあとは、海に入るものあり日焼けにせいを出すものあり、それぞれ自由行動だ。

運動して喉が渇いたので、俺は海の家へ飲み物を買いに行くことにした。

ラムネを買っていると、三人組の女の子から声をかけられる。だがサークルの合宿で来ているとと正直に告げるなり、バイバイと手を振られてしまった。無念。

瓶ラムネのビー玉を邪魔に思いつつ喉を潤《うるお》していると、白石がこちらへやってくるのが見えた。

「おい温泉行くぞ」

ひとの顔を見るなり白石が告げる。手の中で、ラムネのビー玉がカランと音を立てた。

「別にいいけど、俺たちだけで？　まだ四時前だぞ」

「俺はゆっくり入りたいんだよ。おまえが皆と行きたいって言うならひとりで行く」

相手のことばに、俺はわざとらしく溜息を吐いてみせた。

「ボッチで温泉なんて可哀想な白石君。優しいこのボクが付き合ってあげよう」

「葉月、うぜえ」

やや被り気味に罵倒《ばとう》される。

「ちょ、うざいって酷いなマジで！」

嘆く俺を見て白石は片頬だけで嗤《わら》ってみせた。なんという凶悪人面。これは友達をなくすに違いない。現に今ひとりの親友のこころが離れつつある。

それはともかく。黙ってホテルに帰るのは駄目だろうと思っていたら、運良く部長が通りかかった。

「部長、俺たちさきにホテルへ戻ってます」

「うん、わかった。私たちももうちょっとしたら戻るから。夕食はロビーで六時半待ち合わせね」

「了解っす」

夕食はホテルで取ると高いので、近くの居酒屋に繰り出す予定だ。朝食はバイキングが付いている。

洗い場で足に着いた砂を流し、途中でコンビニへ寄ってホテルへ向かった。

「ホテルの冷蔵庫って罠だよな。缶コーラが一本三百円ってどういう計算だよ」

「まあ向こうも商売ですし。だいたいおまえ普段コーラ飲まないじゃん」

「そうなんだけどな。なんとなく買っちまった」

そんな踊らされやすい白石は、ペットボトルのお茶とともに缶のコーラを購入していた。飲み残しのコーラが俺にまわってくる未来しか見えない。

「余ったらおまえにやる。コーラ好きだろ」

「……まあ、好きだけど。なにそれ親切？」

「さあな」

白石はとぼけているが、さては間接キス狙いだな。中学生か。

俺は買ったばかりのミネラルウォーターに口をつけた。ラムネのせいでベタベタしていたお口の中をリフレッシュだ。

部屋に戻って浴衣《ゆかた》に着替え、俺たちは最上階の大浴場へと乗り込んだ。

旅費を浮かせるため、部屋が旧館側になる安いプランだが、大浴場は改装したばかりなので真新しくて綺麗なんだとか。

「大浴場の中から海が見えるらしいぜ」

「おお、マジか」

白石のことばにテンションが上がる。ふたりでさっそく中へ入った。

「綺麗だな」

脱衣所に入るなり白石が言った。

整然と並んだロッカーも床もぴかぴかの新品だ。まだ夕方というには早い時間で、さすがにお客さんは疎《まば》らだった。脱衣所には見知らぬおじいちゃんがぽつんといるだけだ。

「すげえな、ひょっとして貸し切り状態？」

喜ぶ俺を見て白石が眼を細める。

「よーし、誰のおかげだ？」

「おまえの手柄だけど、そのドヤ顔はやめなさい」

脱衣所は藁《わら》みたいな床材を使っていて、足の裏がサラサラして気持ちがいい。片隅で扇風機がまわっていて情緒感たっぷりだ。

風呂上がりは、瓶に入ったフルーツ牛乳を飲みたい感じな。

「おい見ろよ。あそこの自販機で瓶の牛乳売ってるぞ」

俺の考えを読んだかのように、白石が目敏《めざと》く自販機を発見する。

つられて確かめると、そこには普通の牛乳、コーヒー牛乳、フルーツ牛乳が売っていた。

「やっぱここはフルーツ牛乳でしょ」

「ふーん、俺はコーヒー牛乳だな」

「わかってねえ……おまえは全然わかってねえよ……」

友人とアホなかけあいをしつつ、浴衣の帯へ手をかける。白石が躊躇なく下着一枚になるのを見て、俺はハッと息を飲み込んだ。

（そうだ裸！　温泉に入るんだから裸になるに決まってんじゃん）

バカバカバカバカ、俺のバカ。

白石に誘われホイホイついてきちゃったけど、よく考えたらこれってかなり危険な状況なんじゃないのか。

（俺を性的に狙うコイツの目の前で、全裸をさらすなんて……！）

デンジャラス——あまりにもデンジャラスだ。

俺の尻やペニスに興奮した白石が、告白なんかすっ飛ばして、いきなり襲いかかってくるかもしれない。

（そうだ……俺のコケティッシュでピンクな乳首に眼が眩《くら》み、湯船の中でレイプされる可能性も……）

ゴクリ、と無意識のうちに喉が鳴る。

もしそうなったらさきほどのおじいちゃんは、野獣白石を制止してくれるだろうか。眼が悪く耳も遠いであろうご老体は、無惨にレイプされる俺に気づかず、温泉を満喫してしまう予感しかしない。

（あん、あんっ、だめえ、お湯がナカに入ってきちゃうよぉ……！）

出し入れするたびに、猛々《たけだけ》しい雄《おす》とともに熱い湯が胎内へ侵入する。快感と熱で沸騰《ふっとう》しそうな頭。

そんなエロ漫画で何度も見かけたシチュエーションが、まさか我が身に降り掛かってくるとは――！

俺はひとり戦慄《せんりつ》した。

「うひゃう！」

取り込み中に、いきなり肩を叩かれて叫んでしまった。白石が心底呆れた顔をする。

「変な声出すなこのバカ。さきに入ってるぞ」

「お、おお……」

引《ひ》き攣《つ》った笑顔で送り出す俺を、白石は気味が悪そうに一瞥《いちべつ》する。くそ、と口の中で悪態を吐いた。この野郎、スケべごころ満載でふたりきりの温泉に誘ったくせに、そんな態度で誤魔化せると思ってんのか。

でも本人には言えっこない。下唇を噛み締めつつ、きゅっと引き締まった親友の尻を見送った。

（……相変わらずイイ身体をしているなあ）

筋トレしてもイマイチ成果の出ない俺と違って、白石はみっしりと詰まった上質な筋肉に、全身覆《おお》われている。着痩せするたちだから普段はほとんど気づかれないが、脱ぐと凄い。

正直、カラダだけは――白石にほんのちょっぴり負けている――かもしれないと思っている。

俺だって鍛《きた》えていないわけじゃないが、そんな俺のアスリート体型をひとまわり、とまではいかないが、半まわりほど大きくした細マッチョ体型。同じ男としては、ちょっとだけ妬ましい。

「やっぱプロテインかなー」

不味《まず》いし高いから、一回箱買いしたものの止めてしまった。母さんが捨てていなければ家の戸棚に残っている筈。って、そんなことはどうでもいい。

問題は、俺の魅惑《みわく》のボディをどうやって白石の毒牙《どくが》から守り抜くか、という点だった。

さりげなく洗い場は遠くに座ればいいか。

ここまで来てぐずぐずしていても仕方がない。意を決し衣服を脱ぎ捨てた。風呂場には俺を付け狙う白石がいるのかと思うと、ひどく頼りない気持ちになる。

ベルト状になっているロッカーの鍵を手首に嵌《は》め、フェイスタオルで腰を覆い、俺は浴場へ突入した。

「あ……！」

正面の壁がほぼ一面ガラス張りになっている。真っ青な海と空が視界いっぱいに広がって、俺は無意識に息を飲んだ。

「絶景だなー」

つい見蕩れていると、白石が俺を呼ぶのが聞こえた。

「おーい、こっち！」

白石が湯の中から手を振っている。逃げるわけにもいかず、軽くシャワーで汗を流してから俺もそそくさと湯船に浸かった。

あーと思わず声が漏れる。

「いい湯だなー」

すこし熱めのお湯が気持ちいい。海を眺めながら、というのがまたオツだ。しかも俺たちを除けばほかに客は二、三人しかおらず、半貸し切り状態である。

ごしごしとタオルで背中を洗うおっさんから目を逸らしながら、俺はふうと溜息を吐いた。

額から汗がじわりと滲んでくる。

ふと視線を感じて横を見ると、白石がマジマジと俺の身体を眺めていた。

「なっ……にかな？」

「いや。おまえ、ちょっと痩せた？」

言いながらつるり、と二の腕を撫でられる。俺はできるだけさりげなく相手から距離を取った。

「さっ、最近体重計ってないから、わっかんないなー！」

焦《あせ》って声がうっかり大きくなる。予想以上に浴場内に反響してしまい、声でけえよ、と白石に呆れられてしまった。

ああ、くそ。いったい誰のせいだと思っているのか問いたい。問い詰めたい。

「は、花火楽しみだなー」

俺の身体から白石の興味を逸らさなければと、咄嗟《とっさ》にことばが口をつく。おう、と頷き白石はぱしゃりと湯で顔を洗った。素晴らしくおっさんくさい。

「ここらの名物だからな。一応部屋からも見えるらしいぞ」

「へー、マジで」

旅館の窓から眺める花火もいいな。でも人ごみに揉まれながら、連れの子とはぐれないように手を繋いで見る花火のほうが俺は好きかな。

すこし先を急ぐ下駄の音、浴衣、無防備《むぼうび》なうなじ。想像の中で、俺の腕を引く相手が振り返る。それは女の子じゃなくて白石だった。

（待って待って、ちょっと待て！）

これはアレだ。温泉に肩を並べて浸かっている現在のインパクトが強すぎた。間違えた妄想を最初からやり直したい。

「あっちい。俺、さきに出るな」

ひとこと断って、白石は湯から出て洗い場へと向かう。備え付けのシャンプーで頭を洗う友人を横目に、俺は風呂から出るタイミングを見計らっていた。

このまま白石が浴場から出て行くまで待っているべきか。今出て危険を冒《おか》すよりは、そのほうが安全に思える。

あまり長湯をする習慣はないんだけど、まあなんとかなるでしょう。せいぜい十分か十五分くらいのもんだろ。

手持ち無沙汰な俺は、温泉の効用を熟読することにした。てきぱきと頭と身体を洗い終えた白石が、ふたたび湯船へやってくる。

「白石ー、ここの温泉はナトリウムカルシウム塩化物温泉なんだぞー」

「あ、そう」

「切り傷、火傷、虚弱体質、神経痛、筋肉痛、関節痛、冷え性、痔疾《じしつ》などによく効きます」

「書いてあるな、あそこに」

壁を指差す白石の姿がぼやけて見える。温泉の効能に目眩《めまい》の記載がなくて残念だった。

それになんだか頭痛もする。

つけくわえると息苦しさと動悸、なんだか頭もクラクラして――。

「おい顔真っ赤じゃねーか。おまえそんなに温泉好きだっけ？」

白石が俺の顔を覗きこんでくる。裸の肩を掴まれてぎょっとした。思い切り至近距離で眼と眼が合う。今にもキスしそうな体勢だ。

（やばっ……！）

そう思って反射的に立ちあがる。唖然《あぜん》とする白石の顔。

「ばっ、急に立つと危ねえ――」

「おれぇ、おんせん、らいしゅきぃ……」

うまく呂律《ろれつ》がまわらない。気がついた瞬間、湯気で白い筈の視界がいきなり真っ暗になった。

湯の跳ねる音に被さって、白石の焦った声が耳に届く。

「優征！　優征おい、しっかりしろ！」

いつもは葉月って呼んでいるくせに、気が動転しているらしく白石が俺の名前を呼ぶ。

それがなんだか妙に懐かしい気がした。

（――んん？）

白石とは中学からの付き合いだ。仲良くなったのは部活で一緒になってからで、そのときからずっと名字で呼ばれている。だから名前で呼ばれて懐かしいと感じたのは、単なる俺の勘違いだろう。

（勘違い……だよな。でもやっぱり前にも呼ばれたような気が……）

それ以上考えようとしても、頭がまともに働かない。

「大丈夫かい、兄さん。ホテルのひと呼んでこようか」

「いえ、大丈夫です。たぶんのぼせただけなんで」

声が浴室に木霊《こだま》する。ぐわんぐわんと残響するのがおかしくて、思わず笑ってしまった。

「おい倒れたくせになに笑ってるんだバカ。立てる……わけないか」

白石に問いかけられても俺はロクに答えられなかった。身体がぐにゃぐにゃしてどこにも力が入らない。自分ではまともに動けないのだ。

ヤツの言うとおり、長湯しすぎてのぼせたらしい。

（なにやってんだ、俺は……）

白石に抱えられ、脱衣所へと運ばれる。タオルを敷いた床に寝かされるとひやりとして気持ちがよかった。

「ちょっと待ってろ」

白石が離れてゆく気配がして、眼を開けようとしたができなかった。目眩がひどい。ひたすらぐったりしていると、突然ひやりと冷たい感触が首筋にあたった。

「あ――……」

火照《ほて》った肌が急激に冷やされてゆく。生き返るような心地だった。

「ほら水だ。ゆっくり飲め」

白石が水を買ってきてくれたらしい。

「フルーツ……牛乳……」

「はいはい、あとで買ってやるから」

瀕死の俺を適当にあしらいつつ、白石が水を渡してくれる。

とにかく失った水分を補給しなければ。老人のような手つきでペットボトルを掴むと、白石がそっと介助してくれた。

なんだか本当に自分が弱ってしまったような気がして、思わず友人へ縋り付きたくなった。

水を口に含む。ただのミネラルウォーターが感激するくらい美味《うま》かった。甘露《かんろ》、ということばが頭に浮かぶ。

そのまま貪《むさぼ》るように水を飲もうとして、思いっきり咽《む》せた。もともと濡れていた胸もとが飲みこぼしでさらに水浸しになった。

「バカ、ゆっくり飲めって言っただろ。慌てるな」

ことばとは裏腹に白石の口調はひどく優しい。トントン、と背中を叩かれると、ふいにこどもの頃を思い出した。風邪《かぜ》を引いたとき、母親がよくこうしてくれたっけ。

心細さと切なさが相まって、じわ、と目尻に涙が滲む。

タイミングよく白石が頭からタオルを被せてくれたので、柔らかい布地へぎゅっと顔を押しつけた。

「おい、すこし身体起こせるか？」

「ん……」

ロッカーを背もたれにして半身を起こす。

それだけの動作で息が切れた。激しい目眩はおさまったが、怠すぎて指一本動かすのさえ億劫《おっくう》だ。俺がひとりで喘いでいると、腰にタオルを巻いただけの白石が、何も言わず俺の手首からロッカーの鍵を奪っていった。

（ああ……着替え、手伝ってくれるのか）

ぼんやりしたまま、目を閉じ後頭部をロッカーへ押しつけた。悪いな、とかありがたいな、という気持ちのあと、待てよと唐突に思い到る。俺、全裸！　丸見え！

「白石……っ」

「オラ、パンツ穿《は》かせるからもっと足開け」

「あ、待っ、ちょ……」

「るせえ。はやくしろ」

相手の強い口調に、はいと素直に従った。自力では着替えられないんだから仕方ない。つらい。親切な白石は俺にパンツを穿かせるまえに、玉の裏からチンコの裏まで丁寧にタオルで拭ってくれた。

もはや裸を見られるどうこうのレベルじゃない。人間の尊厳とはなにか、はたして。と俺は内なる己へ問いかけた。

（もう、いっそ殺せ……）

浴衣を羽織らせてもらい、ふたたび水分を補給する。まだ頭がクラクラするのでしばらくベンチで休むことにした。ふらつく身体を白石が抱えるようにして支えてくれる。

（俺の裸、もっとじっくり見ることもできたのに、白石のヤツ急いで浴衣を着せてくれたんだな……）

魅惑のヌードを眼前にして、理性が限界だったのか。それとも他の男に俺の柔肌《やわはだ》を見せるのが嫌だったのか。

（もしくはその両方だったりして）

しばらく休憩したらどうにか動けるようになったので、白石に支えてもらいながら温泉の出口へと向かった。

腰にまわされた腕が思いのほか逞《たくま》しい。もう申し訳ないやら屈辱やらで俺の気持ちは複雑極まりなかった。こんな姿誰にも見られたくない。そう思った瞬間だった。

浴場の入り口を出たところで、部長と副部長がサークルの皆を連れてやってくるのが見えた。

なんという最悪なタイミング。

「あれ？　白石君たちもう温泉入ったの」

一宮部長が驚いたように眼を見張る。

傍《かたわ》らに控えていた副部長が口を開こうとした矢先、俺の様子に気がついたのか部長はさらにつづけて言った。

「どうしたの葉月君、具合悪いとか？」

俺が答えるよりさきに、白石が口を開く。

「コイツ、ちょっと湯当たりしたみたいで。部屋で休ませておきます」

「そう。白石君がついてるなら、取り敢えず大丈夫かな」

「はい」

女の子たちが口々に、大丈夫？　と心配して声をかけてくれる。

一応大丈夫、とは答えたものの腰には白石の腕がまわされているし、ほとんど相手に抱えられている状態だ。

みっともない格好だし、その理由が湯当たりというのも情けなさに拍車をかける。

とんだ虚弱体質野郎だと思われるか、あるいは体調管理もできない馬鹿と思われるか。

どちらにせよ葉月優征の洗練されたイメージとは乖離《かいり》している。

（違うんだ……俺はただ、白石に全裸を見られまいとしただけで……）

だがその結果、全部見られたうえにパンツまで穿かせてもらったという。もしひと目がなかったら泣いてしまいそうだった。

白石と部長が会話する横で、副部長がなんとなくオロオロしているのが眼に入る。でも俺としてはそれどころじゃなかった。

入り口付近でたむろしていては他のお客さんの邪魔になる。白石がそれじゃあ、と皆に手を振った。

「温泉、楽しんできてください。ホント、いいお湯でしたよ」

「ありがとう。のぼせないように、ほどほどに楽しむね」

ふたりのなごやかなやりとりが、ぐさぐさ心臓に突き刺さる。たぶんわかっていてやっているに違いない。

部長の俺に対する視線ときたら、完全に厄介者を見る目つきだった。

（うう、マジでヘコむんですけど……）

白石に肩を貸してもらい、這々《ほうほう》の体《てい》で部屋まで戻った。自ら布団を敷きそこへ俺を寝かせると、白石はフロントへ電話をしてアイスノンを頼んでくれた。

友人の背後にうっかり後光が差して見える。

「白石……俺、この恩絶対忘れないから……」

「おう、絶対返せよ」

闇金ばりの取り立ても、弱っている今はただただ頼もしいばかりだ。

しばらくすると部屋の扉がノックされる。フロントのひとがアイスノンを持ってきてくれたらしい。

「ほら。これでしばらく寝てろ」

言いながら白石が頭のしたへアイスノンを差し入れてくれる。

「白石……」

「おうどうした」

「おまえ本当にお母ちゃんみたい」

「生憎《あいにく》だが息子を生んだ記憶はねえ」

娘だったらあるのか。と突っ込んでやりたかったが、瞼《まぶた》が急に重くなる。

「迷惑かけて、ごめんな」

せめてそれだけは言っておかなければ。そう思って口に出した筈だが、果たして声になっていたかどうか。

「おい葉月――」

白石の声がする。さっきみたいに優征って名前で呼んでくれてもいいのにな。

そんなことを考えながら、俺の意識はふつりと途絶《とだ》えた。


「……ろ、起きろって」

身体を揺すぶられ、俺はいやいやとかぶりを振った。

あともうちょっとだけこのまま微睡《まどろ》んでいたい。しかし相手はそれを許しちゃくれなかった。

「――目を醒ませ、葉月！」

耳もとで叫ばれて、覚醒《かくせい》する。両目を見開いた瞬間、白石の肩越しに光が闇を切り裂いた。

一瞬俺は混乱する。

鼓膜《こまく》を震わせる破裂音。光が、次々とめまぐるしく変わってゆく。

俺は呆然と呟いた。

「はな、び」

起き抜けでぼうっとする俺を見て白石が笑う。

「ああ。間に合ってよかったな」

枕元に置いてあったペットボトルの水を飲む。すこしぬるくなっていたが、乾いた喉には美味《おい》しかった。

スマホで時間を確かめると、もう八時近かった。一時間以上寝てたのか。

花火を見るためか部屋は電気もつけず暗いままで、白石と俺のふたりきりだった。

「皆は……」

「ああ、花火見に行った」

窓を開けながら、なんでもないことのように白石は言った。空調のよく効いた部屋に、外の生ぬるい空気が入ってくる。

数秒遅れて相手のことばが脳みそに届いた。

「え？　ちょ、おまえは行かなくていいのかよっ」

「あー……誘われたけど断った。外まだあっちいし人も凄そうだったから、かえって良かったかも」

「いや、全然よくねーだろ……」

唖然とする俺に、白石は肩を竦めてみせる。

「ここからでも一応見れるんだからいいじゃねーか」

「そういう問題じゃないだろ」

せっかくの合宿で、皆と来たってのに、白石に別行動をさせてしまった。

しかもコイツに裸を見られるのが嫌で、無茶な長湯をしたからとかいうくだらない理由でだ。そんなの、自己嫌悪にならないわけがない。

「あの飯とか……」

「ああ、さっき小林に買ってきてもらって俺はもう食った。サンドイッチでよければおまえのぶんもあるぞ」

ほら、と冷蔵庫から出したコンビニの袋ごと渡される。小林の使える男っぷりに震えている場合じゃない。

俺のために皆と飯も行かなかったのかよ。謝ってすむ問題じゃなかったけど、とにかく頭を下げずにはいられなかった。

「白石、俺、本当にごめ――」

「反省してんのかよおまえ」

俺のことばを遮るように、白石が言う。俺は神妙《しんみょう》に頷いた。

「だったらもういい。そのかわり今度からは気をつけろよ。アレ、頭打ってたらヤバかったからな」

「白石……」

「それにまあ残ったのは俺がそうしたかっただけだし。そこはあんま気にすんな」

白石が微笑んだ瞬間、夜空にひと際大きな花火が咲く。

光の尾びれが闇の中に残り、やがてすうっとかき消えた。

（ああ――）

頭の片隅で思う。こんなの映画で見たことある。

「なあ白石」

「うん？」

声がいつになく優しい。きっと俺が本当に落ち込んでるってわかってるからだ。昔からコイツはそういうヤツだったなあと思い出す。

「今ならおまえに抱かれてもいい」

反省してると言ったそばから、どうして俺は軽口を叩いてしまうのか。

（ああああ、俺ってヤツはもう……！）

俺は頭を抱えたかった。俺に惚れている白石にしてみれば、ギリギリすぎる冗談だ。だが言ってしまったものは取り返しがつかない。

（本当に……おまえが俺を好きで好きで本当にどうしようもなくて頼むからどうか一回だけって懇願《こんがん》されたら、今の流れ的に俺拒めないかも……？）

すこしだけドキドキしながら相手のことばを待っていると、白石は夜空を見つめながら

「遠慮します」とだけ言った。

（まあ、そりゃそうだろうな……）

こっちがあきらかにふざけてるのに、本気の返事をするわけがない。白石の本心が聞けずがっかりした気持ち半分、ほっとした気持ちが半分。

窓辺にべったり懐いていると、ふいに額を掌《てのひら》で覆われた。驚いて白石を見上げると、自分の額の熱と計り比べているところだった。

「まだちょっと熱っぽいか？」

そんなことを言いながらわずかに首を傾げてみせる。その手から逃げながら「もう大丈夫」と請《う》け合《あ》ってやった。

ぱん、ぱん、とつづけざまに大きな花火が打ち上げられてゆく。時間的にそろそろクライマックスかもしれない。

前の花火が消えるまえに新しい花火が咲き乱れる。圧巻《あっかん》の美しさで、ふたりしてしばらく無言で空を眺めた。

（花火ってこんなに感動するもんだったか？）

綺麗すぎて、なんだか切なくなってくる。温泉街の花火だから、気合いが入っているんだろうか。

（でももっと大きい花火大会だって、何度も見てきたよな？）

これほどまでに、こころ打たれるのはどうしてなんだろう。

畳の匂いと、なまぬるい夏の夜風。明滅する光に照らされて、浮かびあがる友人の横顔。

すげえなあと白石が隣で呟いた。

うん、と頷いてなんだか胸が苦しくなる。

コイツとはこうやって何度も夏を過ごしてきた。それが当然で感慨なんてなにもない。でもこれからは、あと何回一緒に夏を迎えることができるだろう。来年からそろそろ就活がはじまって、社会人になったら夏休みどころじゃなくなって——。

（なんか……淋しい、かも……？）

ふと胸を過《よぎ》った己の台詞を俺は慌ててかき消した。

待て待て、なんだよ淋しいって。

白石とは実家が近所なんだから、たとえお互い社会人になったって会う機会はいくらでもある。そりゃ今みたいに、ほとんど毎日顔を突き合わせたりってことはなくなるのかもしれないけど。ただの友達なんだから、別に普通だろ。

ひとりでグルグルしていると、白石が顔を覗き込んできた。

「葉月、おまえ大丈夫か？」

「大丈夫じゃない……」

ぐったりして告げると、白石は途端に慌てだした。

「やっぱ腹減ったんだろ。サンドイッチ食うか？　足りなきゃルームサービスでも頼もうか？」

なんという甲斐甲斐《かいがい》しさ。頼もしいを通り越してもはやこれ母ちゃんだろ。さっきまでの男前はどこへ行った。

花火の余韻が消えたせいか、気がつけば切なさのせの字もなかった。小林の買ってきたサンドイッチを食べていると、サークルの皆が戻ってくる。

「葉月、もうよくなったのか？」

別の部屋なのに太田先輩が俺の様子を見に来てくれた。副部長は後輩思いだ。

「ご迷惑かけてすみませんでした」

「ああ、いやいや俺たちは全然大丈夫だから気にすんな。体調を崩すのは仕方ない」

俺が頭を下げると太田先輩は慌てた様子でそう言った。そして俺の隣で控えている白石へと眼を向ける。

「白石も居残りさせて悪かったな」

「俺が勝手にしたことですから」

「まあ、そうだが一応な。じゃあ葉月お大事にな」

「はい、ありがとうございます」

おやすみ、と太田先輩は自分の部屋へ戻って行った。外歩きで汗をかいたのか木村と小林の顔がテカっている。

「俺、火花降ってくるくらい近くで花火見たのはじめてでした。凄い迫力だったあ」

「おう、めっちゃ混んでたけど行ってよかった。おまえらも来れたら良かったのにな」

「そうですね」と口だけで同意する。

浴衣の女の子は一緒じゃなかったけど、部屋から見る花火だって凄くよかった。さっきの光景を思い出すと、心臓がトクントクンと脈打ちはじめる。

ほかの部屋のやつらが遊びに来てバカ話をしたり、俺が小林を弄《いじ》って女の子たちのまえで恋バナをさせたりして夜は更《ふ》けていった。

部長もちょこっとだけ顔を出してくれて「汗をかいたら電解質を取らなきゃだめよ」というありがたいおことばを頂戴《ちょうだい》した。勿論スポーツドリンクの差し入れ付きだ。

夜の三時をまわった頃、いい加減寝ようと誰かが言い出して、それぞれの部屋へ解散する。

布団のうえで目を瞑《つぶ》りながら、ひきつづき妙に胸がざわついていた。

トクントクントクン。

規則正しく心臓が拍動する音を聞きながら、いつしか俺は眠りへ落ちていった。

3

「牛肉二キロ、スペアリブ五百グラム、チョリソー大袋二個、ピーマン、玉ねぎ、じゃがいも、しいたけ、マシュマロ――」

「あ、焼きマシュマロ美味いよな」

「フランスパン、チーズ、缶ビールひとケース、ワイン赤白一本ずつ」

「肉そんなんで足りんの？　酒もさあ女の子用にチューハイとかあったほうがいいよ」

「予算ってもんがあるからな」

明敏な俺の指摘に白石はガマ口を目の前でかざしてみせた。そりゃ無い袖は振れないよな。

「わかった。んじゃそれなりに予算が余ったときは買い足そうぜ」

「それなりに余らなかったら？」

「コンビニでアイス買ってその場で食う」

「ふーん、横領だな」

横領だなんて大袈裟《おおげさ》な。

皆が海で遊んでいるあいだ、俺と白石はせっせと買い出しだ。アイスの一個や二個くらい、バチは当たらないんじゃないか。

リスト片手にカートを押す白石を、サングラス越しにチラ見する。

昨日の花火効果のせいなのか、なんだか白石を眼で追ってしまう。自分でもわけがわからなかった。

これじゃまるで俺が白石に惚れてるみたいだ。逆だろ逆。

（コイツ俺のことが好きなのかも、なんて気になっているときに風呂場で助けて貰ったせいで、こっちまで意識しちゃってるとか？）

せっかくの海、せっかくの水着なのに、男のことなんか気にしたくない。どうにかして女の子へ注意を向けなければ。

リストにあるものをすべて購入してさらに何本か缶チューハイも買い足し、それでもおつりが出たので俺たちは帰り道にコンビニへ寄った。

「俺はガリガリバーのソーダ味しか認めない」

「定番ですな」

横領だとか言っていたくせに白石が率先してアイスを選ぶ。友人のステマに踊らされて俺もついガリガリバーを選んでしまった。

コンビニのまえでアイスを食べていると、女の子がふたり笑いながら近寄って来た。

「ねえねえそこでなにしてんのー？」

訊ねられたので俺は逆に訊き返した。

「ガリガリバー好き？」

女の子たちは顔を見合わせると笑って答えた。

「うん、まあまあ好き」

「私も好き、かなあ」

これがちょっとびっくりするくらい、どっちの女の子も可愛かった。うちの吉原と良い勝負だ。思わずサングラスを外す。

俺の素顔を見たふたりがやっぱカッコイイね、と囁き合っているのが漏れ聞こえた。

ひとりは明るい茶髪のセミロングで、もうひとりは長い黒髪をアップにしている。

茶髪の子は眼がくりっとした可愛い系で黒髪の子は切れ長の眼で綺麗系。どちらもそれぞれ良さがあった。ちなみに胸は、茶髪の子のほうが大きいかもしれない。

「あ、そうなんだ。よかったらこれちょっと食べてもいいよー」

俺が食べかけのガリガリバーを差し出すと、ふたりはきゃあと笑い出す。俺も笑った。

その横で白石が、忍者ばりに気配を消している。

「私たちこれから海に行くところなんだ」

「ね、暇だったら一緒に行かない？」

ふたりともノースリーブのミニスカワンピにビーチサンダルという装いで、確かに海まっしぐらといった趣《おもむき》だ。

チラ見せさせているホルターネックのインナーは水着なんだろう。ミニスカから伸びた脚は膝が真っすぐで綺麗な小麦色だった。俺は断腸《だんちょう》の思いで打ち明けた。

「それがさあ、実はこれから肉を焼いたりマシュマロ焼いたりしなきゃいけなくて……」

「あ、バーベキューだ？」

「そうそうサークルの合宿で来てて……海なら俺たちも行くところだけど、よかったら一緒に乗ってく？」

俺が白石の車――正確には白石父の車だが――を指さすと、ふたりはうんうんと頷いた。うら若き乙女がそんな警戒心のなさでいいのだろうか。日本の将来を憂慮《ゆうりょ》したくなった。しかしそこは思い直すことにする。相手がこの俺、イケメン紳士だからこそなのかもしれないし。

「ってことでいいよな、白石君？」

「事後報告か。あのふたりを乗せるのはいいけど、おまえは徒歩で海まで来い。荷物全部持ってな」

「わー、待って待ってホント待って。肉とか絶対腐っちゃうよ？」

なんという横暴。俺が女の子と親しくしたから、嫉妬したに違いない。必死に白石の機嫌を取り、辛《かろ》うじて徒歩の刑は免《まぬが》れることができた。

（ぶすっとしやがって、おまえが俺に惚れてるって女の子たちにバレたらどうすんだ。困るのは俺じゃなくておまえだろ）

海に着くまで十五分のあいだに、茶髪が優希奈《ゆきな》ちゃんで黒髪の子は沙梨《さり》ちゃんという名前であることが判明した。

ふたりは地元の大学生で、この夏海に行くのはもう三回目だとか。

「君たち全然タイプが違うのに、どっちもレベル高いよねー。彼女とかいるの？」

「どっちだと思うー？」

とかなんとか盛り上がった俺たちがＬＩＮＥのＩＤを交換しているすぐ横で、白石が地蔵になって運転する。友達思いの俺は白石のスマホにもふたりのＩＤを登録してあげるのだった。

「ほら優希奈ちゃんたちとグループ作ってやったぞ。感謝しろ、そして平伏《ひれふ》せ」

俺が言うと、白石は正面を見据えたまま呟いた。

「おまえってウォーキングが趣味だっけ？」

「ううん全然。ボク、ドライブ大好きー」

暴君の機嫌を取りながら、無事にビーチまで辿り着く。

駐車場で優希奈ちゃんと沙梨ちゃんと別れてから、俺たちは荷物を抱え皆のもとへと向かった。その途中でふたりが速攻で男に声をかけられているのが眼に入る。

適当にあしらっているらしく、こちらに気づいた優希奈ちゃんが笑顔で手を振ってくれた。俺と白石を見て、男たちがすごすごと引き下がるのが見えた。いい気味だ。

「あーあ。合宿じゃなかったら一緒に遊べるのになー」

ぼやく俺を見て、白石は馬鹿馬鹿しそうに鼻を鳴らした。

「どう考えたって、あいつら絶対男いるだろ」

「いいじゃん彼氏いたって。別に真剣にお付き合いするわけじゃないんだし」

「ふーん。ひと夏のアバンチュールってヤツっすか」

吐き捨てるように白石が言う。大好きな俺が女の子にモテて嫉妬してるに違いなかった。だからって、そこまで嫌な顔をすることないのに。ついつい弁解口調になるってもんだ。

「だから違うってば。単純にわいわいやるの楽しいじゃん。それに俺、エッチは好きな子としかしない主義ですし」

「そうですか」

「そうですよ」

それきり会話が途切れてしまう。食材の入ったダンボール箱を抱え、白石と並んで浜辺を歩いた。

強烈な照り返しのせいで眼をまともに開けてられない。裸に直接羽織ったパーカーのした、汗がつうと滴り落ちた。足を砂に取られるため、歩きづらいことこのうえない。

最初はなんてことなかった荷物も、運んでるうちにだんだん重たくなってきた。

（あぁくそ。思ってたよりキツいな、これ……）

白石のほうを見ればなんとも軽々とダンボール箱を運んでいた。Tシャツの肩やら二の腕あたりが筋肉でパツパツになっていて、逞しいことこのうえない。剥《む》き出しのうなじに汗が滴り落ちるのが見えた。

むさ苦しいなあとか思いつつ、なんとなく眼で追ってしまう。

（うう、筋肉野郎め……）

俺だってそれなりに身体はできていると思うけど、横に脳筋白石がいるとどうしても見劣りしてしまう。

走り込みなんか今でもたまにやるんだけど、筋トレはただの苦行でしかなくて昔から俺は嫌いだった。でもこうして目の前で背筋がゴリゴリ動くのを見てたりすると、いいなあとか思ってしまう。

（うーん、やっぱプロテインか？）

白石がふと足を止め、俺が並ぶのを待ってくれる。追いつくと特になにも言わずにふたたび歩き出した。

礼を言うタイミングを逃したまま、皆のところへ到着する。

「あ、お疲れさまー」

こちらに気がついた吉原がすぐに声をかけてくれる。俺と白石が持っている荷物を見て、ただでさえ大きな両目を見開いた。

「わあ、すごい荷物だね。グリルもう準備できてるよ」

女の子たちに食材を渡し、部長へお釣りを渡しに行く。食材のレシートとコンビニでアイスを買ったことも正直に告げると笑いながら受け取ってくれた。

チョリソーや玉ねぎと一緒に串に刺した肉がグリルに並べられてゆく。男たちがさっそくビールに群がるのを太田先輩が追い払った。肉の焼ける匂いが食欲を刺激する。

食事の用意ができたところでそれぞれビールが振る舞われた。女の子の半分と男の一部はチューハイだ。

「ほらやっぱチューハイ買って正解だろ」

「うるさい」

という会話を視線だけで白石と交わす。太田先輩が乾杯の音頭をとって、楽しいバーベキューがはじまった。

ビールは一瞬でなくなってすぐにワインが開けられた。紙コップで飲むワインもまあ悪くない。

「お酒は二十歳になってから」

俺の横で白石がぼそりと呟くので、思わず噴き出しそうになった。ワインスプラッシュも、この俺なら様になるだろうが別にしたくない。

「一ヶ月くらいフライングしたっていいだろ」

言い返す俺を見て白石が薄ら笑いを浮かべている。自分が五月生まれだからって偉そうに。

「葉月君、こっち見てえ」

やたら美味いピーマンの丸焼きにかぶりついていると、背後から名前を呼ばれる。振り向いた瞬間、スマホのカメラで写真を撮られた。

嬉しそうにはしゃぐ女の子カメラマンのもとへ近づいて、一緒に肩を組んで自撮りする。ふと相手を見れば顔が真っ赤だった。

我ながらいい仕事をした。

ほかの女の子たちとも何枚か写真を撮ってあげてから、食事を再開する。グリルのそばでは白石が何故か難しい顔で肉の串に食らいついていた。

「どうした苦しそうなツラして。虫歯でも痛いのか？」

隣に来た俺を見て、白石が首を左右に振る。

「いや……肉食ってると白米が欲しくなるんだよな」

「フランスパン美味いじゃん」

「美味いけどなんか物足りねー」

焼きたてジューシーなチョリソーを頬張りつつ、俺はいいことを思いついた。

余った割り箸にマシュマロを二、三個ぶっさして軽く炙《あぶ》る。いい具合に焼けたところで白石の口もとへ突きつけた。

「ほらこれでも食え」

「マシュマロじゃねーか」

「そうそう。お米と『シロ』繋がりで」

ばっかじゃねーの。とぼやきつつ白石は素直に口を開いた。おまえのそういう実はノリのいいとこ嫌いじゃないよ、俺は。

はい、あーんとかふざけてやっていると、女の子たちがやってきてその様子を写真に収めてくれた。

「あ！　いまの見たい、見せて」

写り具合を確認してみると素晴らしい出来だった。俺の頭越しに覗き込んだ白石が微妙な顔をするのがまた笑える。

「それ携帯の待ち受けにするから写メ送ってー」

俺が頼むと女の子は笑いながら快諾《かいだく》してくれた。送られてきた写真を宣言どおり待ち受

56
design

た。

けに設定する。

「ラブラブだねー」

「うん、めっちゃラブラブ。超ジェラるー」

多少アルコールが入っているせいか周りのテンションがやけに高い。弄られるのが苦手、というか単純に面倒くさがりの白石はひたすら肉にかぶりついていた。

楽しい時間はあっという間に過ぎてゆく。

片付けをして皆でサンセットを眺めたあと、一度ホテルへ戻り、全員で夕食へ繰り出した。昨日行った居酒屋があたりだったとのことで二日目も同じ店へ行く。俺と白石は今日がはじめてだ。

観光客以外にも好評なようで、俺たちが着く頃には店内はかなり混み合っていた。

改めて乾杯し、料理に舌鼓を打っているとＬＩＮＥのメッセージを受信する。今日の昼間会ったばかりの優希奈ちゃんからだった。

彼女はグループトークではなく、一対一で話しかけてきた。

『こんばんはー』

『こんばんは。今、サークルの飲み会中』

酔っぱらいのスタンプを送る。

『飲み会いいなあ。ねえ、あとでちょっと会えない？』

返信するのを一瞬迷う。そのとき、どっと周囲が沸いた。三年の先輩が白石の肩を組んで笑っている。珍しいことに白石も笑顔全開だった。

ＬＩＮＥに夢中で前後の会話を聞いていなかった俺は、なんとなく取り残されたような気分になる。

白石の隣に座っていた女の子が、そっとおしぼりを差し出した。ヤツが恐縮したように受け取るとまわりが一斉に囃《はや》し立てる。女の子も満更じゃなそうだ。

（あれ……なんか……）

なんだか胸がモヤモヤする。泡の消えたビールをひと口飲み、優希奈ちゃんへ返事を送った。

『いいよ。飲み会終わってからだからちょっと遅くなっちゃうかもだけど、大丈夫？』

すぐに既読マークがつき、大丈夫とＯＫのスタンプが送られてくる。待ち合わせ場所やだいたいの時間を指定してトークを終了した。

「彼女とメール？」

俺の斜め向かいに座っていた吉原がからかうような表情で訊ねてくる。

「友達とＬＩＮＥだよー」

決して嘘は言っていない。吉原はふうんと言って小首を傾げた。

あざといのかも知れないが俺は好きです。精一杯好意をこめて吉原を眺めていると、彼女はグラスへ視線を落とした。

「葉月君って友達多そうだもんね。女の子とも男の子とも、すぐに仲良くなるし」

「えー、そうかな？」

相手の口ぶりからすると、あまり褒《ほ》められてはいないらしい。俺が適当にはぐらかすと、吉原はすこしムキになったみたいだった。

「そうだよ。あのね、私今でこそテニサーとか入って毎日おしゃれしてメイクしてるけど、高校の頃はほんっと地味だったの」

「マジで？　想像つかない……」

吉原だったら、ノーメイクでも充分可愛かったと思うんだけど。テニサーの姫がまさかの整形疑惑？　とか俺がひとりで修羅場っていると、吉原は俺に手帳を開いて寄越した。

そこにはプリクラが何枚か貼ってあって俺は彼女のことばに納得した。

長い髪をおさげにして、分厚い眼鏡をかけている。確かに野暮《やぼ》ったいかもしれないが、現在の彼女を知っていると、これはこれで狙ってやってるとしか思えなかった。

「これね、ふざけてるんじゃなくて校則だったの。私女子校だったんだけど、そこが所謂お嬢様学校でね、いろいろ無駄に厳しくて髪が肩より長い子は後ろでひとつ結びかおさげしか駄目とかで」

「なにそれすごいね」

「進学校だったし、まわりにお洒落している子もあんまりいなくて……私の黒歴史」

それを何故俺に打ち明けてくれたのか。こちらの疑問を察した様子で吉原はつけくわえた。

「私、あんまり友達いないんだ。一緒に買い物に行ったり飲みに行ったりする友達はいるけど、マジ話とかできる子がいなくて」

「そっかあ……」

こんな美少女にも悩みがあるなんて。

「吉原がひとこと〝友達になって〟って言ったら皆喜んで友達になってくれると思うけど」

「そうかな」

「絶対そうだよ」

俺が請け合うと、彼女はぱっと微笑んだ。

「じゃあ葉月君、友達になって！」

「ん、んんん？　勿論、いいよ。っていうか俺としてはもう友達のつもりだったんだけど……」

「そうだったんだー。ありがとう。じゃあ改めてよろしく」

友情の印に吉原と握手をしていると、彼女を狙っているらしき男が横入りしてきた。

「ちょっとそこ！　なんで手とか繋いでるんスか。サークル内は不純異性交遊禁止すよ！」

完全に酔っぱらいだった。その酔っぱらいが部長を捕《つか》まえて言質《げんち》を取る。

「ね、部長そうっすよね⁉」

「そうだよ。うちのサークルは男女関係一切禁止。昔いろいろ揉めたことがあって、サークルも潰れかけたんだよね。それからそう決まったの」

部長が鋭い眼差しで俺を見る。

「葉月くーん、君もそのへんちゃんと了解してるよね？」

「大丈夫です。いまのは友情の証《あかし》の握手です！　見てください、ホラ！」

そう言って、店に着いてから一切絡みのなかった隣の男へ握手を求める。

いいヤツだったらしく、おお、と握手を返してくれた。それから適当にそのへんにいるヤツと握手をしまくった。

酔っぱらい特有のノリで妙にそれが受けてしまい、サークル全員に広がる。

最終的には近くにいるもの同士で熱い抱擁《ほうよう》を交わし、二度目の乾杯となった。

いい加減飽きて、皆が散らばったところで吉原を見ると、女の子グループで盛り上がっているところだった。

友達が少ないなんて本当なんだろうか。

ふと後頭部に強い視線を感じて、俺はあたりを見回した。白石と眼が合う。

にこやかに手を振ってやると、何故か「バーカ」と返された。距離があるのでヤツの声は聞こえなかったが、あれは絶対にバカと言った。

（おまえなんか、おまえなんか……俺のこと好きなくせにっ）

肌に突き刺さるような視線を送ってきたくせに、今はまるで興味なさそうなフリしやがって。そんなんで誤魔化そうとか甘すぎる。

（このまま俺に恋人とかできたらどうするつもりだよ！）

でも実際そうなったら、なんか普通に祝福されて終わりのような気がする。

おまえが幸せならそれでいい、とか真顔で言うキャラっぽいし。

（告白もしないまま諦めるつもりなのか？）

常識的に考えると、それが正解なんだろう。振られるとわかっていて、リスクを冒すのは馬鹿らしい。

うんそりゃそうだ。男に惚れたことなんかないからわからないけど、俺でもそうするのかもしれない。

でも、それってなんかちょっと――。

（おまえらしくなくねえ？）

俺が知っている白石は、万にひとつでも勝ち目があればたとえ無謀《むぼう》だと言われようと挑む男だ。

今の大学だって、ずっとC判定で記念受験だとか言われていたくせに、見事に合格してみせた。

腐れ縁だとか文句ばかり口にしたけど、本当は同じ大学で嬉しかったんだ。

なんだかんだ言って、あいつが俺の一番の親友なんだ。

（筋肉と真っすぐなとこが、おまえの数少ない長所なのに……）

すぐ近くに可愛い女の子がいて、このあと別の可愛い女の子と会う約束までしてるのに、頭ん中は白石のことでいっぱいってどういうことだよ。

我ながらどうかしてると思う。

自棄《やけ》気味にあおったビールは、なんだかやたらと苦かった。


混雑していることもあって、きっちり二時間で俺たちは店を追い出された。

二軒目に行く連中とホテルへ戻る連中とで別々になる。

戻り組は明日の運転手たちと一宮部長、それに一部の女の子たちだった。散々引き止められたが、ちゃっかり俺も戻り組に混じった。

白石が意外そうにこちらを見る。

「二軒目行かないのか。俺に気遣って……るわけないか。おまえが」

「そのとおりだけど……ひとのことを無神経みたいに言うな」

部長たちとは部屋のまえで別れ、白石に断ってさきにシャワーを使わせてもらう。

「まだ温泉やってるぞ」

浴衣をひろげる白石に俺は首を振ってみせた。

「いやー、俺急ぐから」

「急ぐ？」と怪訝《けげん》そうな白石へ、俺は精一杯さりげなさを装った。

「ん。ちょっと出かける」

「は？　出かけるってどこへだよ」

予想外に食いつかれ、俺はちょっと言い淀んだ。なんとなく白石の視線が険しいように感じるのは、俺の気のせいなのかどうか。

「えっと……実は、優希奈ちゃんから連絡きて」

「優希奈？　って……ああ、昼間の」

ようやく思い出したらしく、白石は肩を竦めてみせた。

「別にいいけど、朝までには戻ってこいよ。もし出発時間に遅れても待たねーぞ」

「……ボク、ひとりで帰れるもん」

「バスと電車乗り継いでな」

「朝までには戻るって。ちょっと会ってお話するだけだし」

白石はいかにもなにか言いたそうだったが、ひとつ溜息を吐いただけだった。

（……行くなって言われるかと思った）

疚《やま》しいことなんてひとつもないのに、どこか後ろめたい気持ちになるのは、合宿を抜け出す罪悪感からだ。ということにしておこう。

シャワーで汗を流し、下着からすべて一新する。

白石から部屋のスペアキーを受け取って、こっそりホテルを抜け出した。修学旅行の夜を思い出し、なんだか妙にわくわくする。

優希奈ちゃんとはホテルのそばのコンビニで待ち合わをせした。俺が到着した数分後に彼女もふらりと現われる。女子会だったとかで、優希奈ちゃんは既にほろ酔いだった。片手には口の開いた缶ビールを握っている。

「沙梨ちゃんと一緒だったの？」

「ううん。沙梨は彼氏とホテル。それより白石君からＬＩＮＥの返事が返ってこないってあの子気にしてたよ。何気に白石君のこと気に入ったみたい？」

「あいつ超絶面倒くさがり屋だから。俺から言っておくよ」

イケメンな俺はへっぽこ白石のフォローも忘れない。そうか、沙梨ちゃんは彼氏とホテルか……。いかにも下心ありっぽく聞こえそうだなと思いつつ、俺は優希奈ちゃんへ訊ねてみた。

「ねえ、どこ行きたい？　俺このへんの店とかぜんぜん知らないんだよね」

「あ、私海行きたい！　海行こ海」

優希奈ちゃんに手を引かれてドキリとする。缶ビールを持っていたせいか、彼女の指は冷たかった。

ビーチの駐車場を抜け、誰もいない海辺へ降りる。

潮騒《しおさい》の音と満天の星空。月の明るい晩だった。手を繋げるくらいの距離にいれば、互いの表情がはっきりとわかる。

なんてロマンティックなシチュエーション。って、普通は思うじゃないですか？

「でね、連絡してもあのバカ出ないんだよ。ＬＩＮＥにトーク送っても既読つかないし。マジ最悪。優征君、どう思う⁉」

吠える彼女に波がざっぱーんと返事をする。口を差し挟むこともできず、俺はひたすらうんうん、と頷いた。

陽が落ちて冷えた砂浜に腰を下ろして、かれこれ四十五分。可愛い子は怒った顔をしても可愛い。でもあまりにもずっと怒っているので、だんだん自分が叱《しか》られているような気分になってくる。

「ほんっとさあ……カノジョに内緒で合コン行くとか死ねって感じ！　マジあり得ん！　ゆう君もそう思うよね？」

飲み終わった缶ビールを優希奈ちゃんはごぎゃっと両手で押し潰した。いつのまにか、ゆう君呼びになっていたが、もはや気にしたら負けだろう。

「思う思う、合コンは駄目だよ。彼氏さんヒドイねー」

棒読みで同意する俺に、優希奈ちゃんの勢いは増してゆく。

「君みたいな可愛い子を放っておいて、よく彼氏さん平気だね。あ、でも優希奈ちゃんと付き合ってるくらいだから彼氏さんも超イケメンとか？」

俺のことばに、ぶーっと優希奈ちゃんが噴き出した。

「ちょ、あいつがイケメンとかないわー。なんかねー、芸人のアイツに似てるの。ほらアイツ……あぁー顔は浮かぶのに名前が出てこない。うう……もうどうでもいいや。とにかくゆうの百分の一以下、いや千分の一以下だよ？」

とうとう呼び捨てになった。もう好きにしちゃってください。

潮騒の音を聞きながら思わず黄昏れていると、ぐいっと両手で顔を掴まれた。相手の眼は完全に据わっている。咄嗟に払いのけなかった俺は、きっと褒められてもいい筈だ。

「ああもう、マジでイケメン！　ねえねえ、なに食べたらこんなイケメンになんの？　コレなら女の子にいっぱいモテるんでしょ。よりどりみどりでしょ。イケメンっていうか、綺麗？　……ホント、綺麗な顔……」

　ハイテンションのマシンガントークがふっと途切れる。互いの息が触れるくらい顔と顔が近かった。

（おっとこれは、完全にキスする流れ）

　ちょっと性格はアレっぽいけど、やっぱりこの顔は好みだ。彼氏がいるみたいだけど別に真剣に付き合うわけじゃないし、延々と愚痴《ぐち》に付き合わされて、このくらい役得があってもバチはあたらない筈だ。

　抱きよせても優希奈ちゃんは何も言わなかった。細くて頼りない肩に、女の子なんだと実感する。

　優希奈ちゃんは可愛くて華奢《きゃしゃ》な女の子で、アイツとは全然違う。そんなの言うまでもない話だ。

（……おい、ちょっと待て）

　男として、重要なこのタイミングでどうしてあいつの――白石の顔が脳裏を過るんだ。

（関係ないだろ、あいつは今！）

　でもそう思えば思うほど、ますます頭から振り払えない。舌打ちしたくなるのを必死に堪《こら》え、華奢な顎《あご》に手を添えた。ビールを飲んでグロスが剥《は》げかけた唇は、それでも充分ぷっくりしている。白石の薄くて引き締まった唇とは雲泥《うんでい》の差だった。

（ああああ、だからなんで比べるかな、そこで！　俺、ほんっとバカじゃないの⁉）

これはまさか白石の呪いか。それともまさか、優希奈ちゃんの彼氏の呪いなのか。

（落ち着こう）

抱かれたい男ナンバーワン、一緒に学食を食べたい男ナンバーワン、休みの日一緒に過ごしたい男ナンバーワン等、各賞を総嘗めしたこの俺、二年連続不動のミスターキャンパスがこんなことでどうする。

俺を選んでくれた数多《あまた》の女の子たち、不甲斐《ふがい》ない俺を許して欲しい。

（……よし！）

グダグダ考えずにキスすればいいんだ。相手だって完全に待ってるじゃないか。

意を決し顔を近づけた瞬間、突然まばゆい光に貫かれた。

お互いハッとして身を離す。

近づいてくるエンジンの音。グレーのでかいワゴン車が足場の悪い砂浜も苦にすることなく、悠々と突き進んでくる。何故かこちらへ向かっているようだ。なんだか嫌な予感がした。

立ち上がるついでに、優希奈ちゃんの手を取った。同じように彼女を立たせると、自然と背後に庇《かば》う格好になる。彼女を安心させるため、俺は背後を振り向いた。酔いが醒めたらしい優希奈ちゃんが、怯えた顔でこちらを見る。

灯りの乏しいこんな場所で、下手《へた》に動いたら轢《ひ》かれるかもしれない。俺たちはじっとその場に佇んだ。

案の定とでも言うべきか、車は俺たちの数メートル手前で停止した。どれだけボリュームを上げているのか、ステレオの音がここまで漏れ聞こえる。

やがて後部座席のドアがスライドし、男がふたり降り立った。

英語なのか日本語なのか喚《わめ》くようなボーカルの声があたり一面に響き渡る。エンジンは駆けっぱなしのままだ。

降りた男たちが、まっすぐこちらへ向かってくる。

「優希奈ちゃん」

「……あ」

声をかけると、優希奈ちゃんはびくりと肩を震わせる。

暗がりに慣れた眼に、車のハイビームが突き刺さった。男たちの姿は逆光でほとんど判別できない。

ふたり組が近づくにつれ、どちらもけっこうゴツイ野郎であることに気がついた。背も俺とほとんど変わらない。あんな奴らに因縁《いんねん》をつけられたら面倒だ。女の子を庇いながらだと余計に。

騒音に負けないように、背後の優希奈ちゃんへ告げる。

「あいつらは俺が引きつけるから、そのあいだにダッシュで逃げて」

「でも」

「……大丈夫。あとでまた連絡する」

揉めている暇はない。既に男たちはすぐ目の前だった。わかった、と辛うじて優希奈ちゃんが答える声が耳に届く。

俺は改めて男たちへと眼を向けた。別に奇抜《きばつ》な格好をしているわけじゃない、ごく普通の男たちだ。Tシャツにジーンズ、スニーカー。ひとりは茶髪。ひとりはパーマに髭《ひげ》。どちらも三十前半くらいに見える。

「こんばんはー」

まずは様子見をしようと、俺はにこやかに男たちへ手を振った。

半分予期していたことだが、こちらの姿など見えていないかのように綺麗に無視される。いつも他人から注目を浴びてばかりいる俺には、ちょっと新鮮な体験だった。一瞬本気で自分が透明人間になったような錯覚を起こす。男たちはじっと俺の背後にいる優希奈ちゃんを見つめていた。

その目つきが、ひどく嫌な感じで——俺の背後で優希奈ちゃんがちいさく声を漏らし、震え上がる。

「当たりだな。ラッキー」

茶髪のほうが優希奈ちゃんを見つめたまま、いやらしく笑ってみせる。

隣にいる髭はニヤニヤしながら、ジーンズのポケットから煙草《たばこ》を取り出した。勿体《もったい》ぶった仕草で口にくわえ、ジッポーで火をつける。潮の匂いに混じって、煙草特有の匂いがすぐにここまで流れてきた。

髭の吐き出した白煙が、潮風に吹かれてかき消える。俺が優希奈ちゃんに「走れ！」と叫ぶと、弾かれたように彼女はその場から駆け出した。

おっと、と言いながら茶髪がこちらへ踏み出してくる。突っ込んでくる相手を避けるフリをしつつ、鳩尾《みぞおち》へ肘を打ち込んだ。

蛙が潰れたような声をこぼし茶髪が砂浜へ崩れ落ちる。

髭パーマが有無を言わさず殴りかかってくる。半《なか》ば予期していたので俺は膝でそれを受け止めた。呻《うめ》く髭の鼻面に思い切り頭突きを打ちつける。

鼻を押さえ相手が蹲《うずくま》る。指の隙間からみるみる血があふれ出した。

（二対一か……なんとかなるかな）

わりと楽観的に考えていると、車の扉が開く音が聞こえた。助手席から新手が出現し、思わず乾いた笑いが漏れる。これで三対一だ。

（あーくそ。こんなときこそ白石がいれば……ッ）

モテる男の宿命と言うべきか、街を歩いているとたまに因縁をつけられる。彼女が俺にひと目惚れして振られたとかなんとか言って、殴り掛かってくるアホどもだ。それを相手にしているうちに、なんとなく喧嘩慣れしてしまった。今まで警察沙汰にならなかったのはラッキーだ。

三人目の男は眼鏡をかけた坊主頭だった。背は俺や茶髪たちよりは低そうだが、腕も胸もゴツい。なにか格闘技でも齧《かじ》っていそうな雰囲気だ。

坊主はなんの躊躇《ためら》いもなく、俺に殴り掛かってきた。辛うじて回避したが、砂に足を取られ片膝をつく。ぶん、と低い唸りと凄まじい風圧が肌を撫で、背中がヒヤッとした。こんなのまともにあたったら、顔の形が変わりそうだ。

（なんだアレ、こわ……！）

おののく俺の目の前で、車が短くクラクションを鳴らす。

あっと思ったときには、車は砂埃をまき散らしながら発進したあとだった。優希奈ちゃんを追いかけるつもりか。

（くそ……！）

止めることもできず、走り去る車を呆然と見送った。彼女が無事逃げ切ってくれるよう祈る。

「女の心配でもしてるのか？　ずいぶん呑気《のんき》だな」

坊主の低い声で我に返る。身構えた瞬間、いきなり後ろから羽交《はが》い締めにされた。

「この、クソガキがあ！」

　驚いて背後を振り向くと、鼻血まみれの髭面が鬼の形相で吠えていた。いつのまにか回復したらしい。

　今まで喧嘩してきた相手はほとんどが学生だった。でもどう考えてもコイツらは違う。あきらかにもっとタチが悪い。

　コイツら、人気のない浜辺で女の子をナンパ――じゃなくて完全にさらう気だったんじゃないのか。だってそうじゃなきゃ男連れの女にちょっかいを出すわけがない。

　優希奈ちゃんを逃がし、自分の役割は無事果たした。あとは自分の身をなんとかする番だ。とにかくこの拘束《こうそく》を振り払おうと、俺は足を振り回した。その刹那《せつな》。

「――がっ、あ！」

　バチッという破裂音。冗談抜きで目の前に火花が飛び散った。全身が痛みと衝撃で硬直する。見開いたままの視界のさきで、茶髪がスタンガンを握っているのが見えた。

（こっちはひとりなのに、道具まで使うのか。きったね……）

　意識はあるのに、身じろぐことさえできなかった。呼吸をすることもままならず、軽くパニックに陥った。

「この、クソ野郎！」

　髭面に髪を掴まれて無理矢理顔を上げさせられる。頭皮が引き連れる痛みとともに、髪がブチブチ千切れる音がした。

唾《つば》でも吐いてやりたいところだが、ほとんど放心状態だ。

「おい、まだ殴るなよ」

坊主の鋭い声が飛ぶ。髭は舌打ちすると荒っぽく俺の頭を放り出した。

解放されて、ほっとする気にもなれない。坊主は「まだ殴るな」と言っていた。どう考えてもこのまま無事ではすまないだろう。

潮騒をかきわけるエンジン音とともに、さきほどのワゴン車が戻ってきた。優希奈ちゃんは無事だっただろうか。不安で心臓がバクバクとうるさい。せめて彼女だけでも逃げ延びてくれれば、誰かが助けに来てくれるかもしれない。

（警察に通報とまでいかなくても、白石に知らせてくれたら……）

あいつならきっとすぐに動いてくれる筈だ。大音量の音楽は、いつのまにかかき消えていた。運転席側の扉が開き、男がかぶりを振ってみせる。

「――ごめん、逃げられちゃった。あの女、超足早いんだもん」

ほっとして脱力する。髭の野郎が怒りにまかせて吠える声が耳に心地いい。茶髪が、爪先で俺の肩をぐりぐり踏みつけた。

「なあ、コレどうする？」

「取り敢えず連れてこうぜ」

坊主が答えると、ギラギラした眼で髭面が俺のことを睨みつけた。鼻血が乾いて顔面にこびりついている。優希奈ちゃんの無事を呑気に喜んでる場合じゃなかった。全身から血の気がひく。このときになって、ようやく身体の自由が戻ってきた。逃げなければ。

（車に連れ込まれたら絶対ヤバイ……ッ）

そう思った刹那。首筋にふたたび衝撃が走った。

「――――ッ！」

声も出せずに悶絶する俺を、男たちは如何《いか》にも無造作《むぞうさ》に抱えあげた。生理的な涙が意志とは無関係にあふれてくる。

「コイツ、けっこういい泣き顔するな」

坊主のことばに、茶髪があー、と怠そうに返事をする。髭はそんなふたりを無言で見つめているだけだった。荷物のように運ばれ、そのまま無造作に転がされる。

「誰かに見られるまえにずらかるぞ」

扉を閉める音が、最後通牒のように響き渡る。エンジンをふかし、タイヤが砂を噛みしめる音。俺を乗せ、男たちの車が走り出す。

悪夢としか言いようがなかった。

4

　ワゴンは三列めのシートが外されていて、トランクスペースと合わせると後方にかなり余裕があった。荷物よろしく転がされたところで、すぐに車が発進する。

　あらかじめ用意していたらしいガムテープで後ろ手に縛り上げられる。ここまで完全に流れ作業だった。

（コイツら常習かよ。今まで何人さらってきたんだ）

　どうにか携帯を使えないいか。そう思った瞬間、車内に着信音が鳴り響いた。気がついた茶髪が俺のジーンズをまさぐってスマホを奪い取った。

「おい、〝優希奈ちゃん〟ってのは、さっきの女だよな？」

　俺が答えずにいると、相手は鼻白んだ顔で電話に出た。

「はーい」

　通話口から俺の名前を呼ぶ優希奈ちゃんの声が聞こえた。茶髪はこちらを一瞥し、唇を笑いの形に歪めてみせる。

「おまえさっきの女だろ。イケメン彼氏をお探しなら、今は俺たちと一緒にドライブ中でーす。なあ、おまえもこれからこっちに来いよ。皆で仲良く楽しまねえ？」

「優希奈ちゃん、駄目だ！」

ぎょっとして叫ぶ俺をよそに茶髪はつづけた。

「おまえが来ないなら、コイツひとりで俺たちと遊んで貰わねーとなあ？」

上機嫌で喋っていた茶髪がふいにスマホを目の前に翳《かざ》した。

「あー、切りやがった。なあ、せっかくカラダ張って逃がした女に見捨てられて、今どんな気分？」

答える気にもならず眼を閉じる。

（優希奈ちゃんなら、きっと助けを呼んでくれる筈。たぶん）

よく考えれば今日会ったばかりの女の子だ。面倒事を嫌ってそのまま帰宅することも考えられた。そうなったら俺の命運はここで尽きる。これから自分の身になにが起きるのか、想像するのも嫌だった。

まあよくてボコボコにされた挙げ句、身包《みぐる》み剥がされ捨てられる。悪けりゃどっかの山奥へ埋められるだろう。

（佳人薄命《かじんはくめい》……か。やっぱり俺って、儚《はかな》い運命だったんだな）

車が揺れるたび、ゴツゴツと肩やら頭やらを冷たい床へ打ちつけながら、俺は悲しみに打ちひしがれていた。

こんなカス共に俺は嬲《なぶ》り殺しにされるのか。そこまで考えて、腹の底で怒りがフツフツ燻《くすぶ》りはじめる。

（ただで殺されてたまるか。絶対に反撃してやる）

ひとりで陰鬱《いんうつ》な復讐に燃えていると、ふいに車が停止した。きた、と背中にじわっと冷や汗が浮かぶ。

ワゴン車はフロントガラス以外濃いスモークフィルムが貼っていて、眼を凝らしても外の景色が見えづらかった。

自分がどこへ連れてこられたのかまるで見当がつかない。どこかの山奥なのか、廃倉庫なのか、とにかく人気がないことは確かだ。

前に座っていた男たちが俺のもとへにじり寄ってくる。どの男も顔にニヤニヤと薄ら笑いを浮かべていた。

車内なので、完全に立ち上がることはできないが、中腰くらいなら問題ない。転がった俺を取り囲むように、男たちは床に直接腰をおろした。

茶髪がふたたび俺のポケットを探り、見つけた財布を抜き取った。怯えていることを悟られるのは癪《しゃく》なので、いっそ笑顔で言ってやった。

「皆さんこんばんは。今頃きっと逃げたあの子が警察に通報してる頃ですよー。俺のことなんか放っておいて、さっさと逃げたほうが賢明《けんめい》じゃないですか。あ、賢明ってわかります？　賢くて明るいって書くんですよー。皆さんと正反対ですねー」

「ブッ殺されたいのか！」

咄嗟に掴みかかろうとする髭を、坊主がすかさず引き止める。

「まあ焦るなって。近くで見るとますますイケメンだなあ。しかもそのクソ度胸、俺はけっこう気に入ったぜ」

「そりゃ、どうも」

せいぜいイケメンに見えるように笑いかけてやる。茶髪は財布から俺の免許証を取り出した。

「あー……ハヅキユウセイか」

こんな糞《くそ》野郎ごときに軽々しく名前を呼ばれたくない。黙っていると、脇腹に爪先がめりこんだ。息が止まる。拳《こぶし》が眼前に迫ってきて、殴られると思ったが、寸前で坊主の止めが入った。

「おい待て。まだ顔に傷つけるなよ」

坊主は顎に手をやって、頭の先から爪先まで舐めるように俺の全身を眺めまわす。その目つきになにやらぞっとするものを覚え、無意識に背中で床をずりあがった。

「コイツ、近くで見ると本当にイケメンだな。せっかくだからカメラ回しておくか」

「あー？　イケメンたって野郎だぞ野郎。ＨＤの容量が勿体ねーよ」

「はいはい出ましたよー。ザ両刀使い」

茶髪がぼやき、運転手がふざけた調子で間の手を入れる。髭はそのあいだも無言だった。流れが読めず俺は置いてけぼりだった。なんとなく不穏《ふおん》なことだけは伝わってくる。

「あの女捕まえてればなあ。久々の上玉だったのに、ほんっと惜しいことした！　動画も高く売れただろうし、アレならしばらく飼っても良かったな。飽きたらソープに売って、お小遣い稼いでもらってさあ」

茶髪のことばに俺はようやく理解した。コイツらは女の子をさらって襲うだけじゃなくて、そのレイプ動画を売っているらしい。優希奈ちゃんがもし捕まっていたらと思うと、到底《とうてい》穏やかじゃいられなくなった。

「うわあ、皆さん絵に描いたような屑《くず》っすねー」

内容はともかく、和やかに談笑していた男たちがふいに押し黙るとこちらを見た。さすがに言いすぎたと思っても、あとの祭だ。

張りつめた空気の中、髭がようやく口を開いた。

「ま、いいんじゃね？　この野郎をボコボコにしたところで金になるわけじゃねーし。全世界のホモの皆さんにコイツの痴態《ちたい》を楽しんで頂こうぜ」

「うおおお、マジかよお！　もう最悪だああ」

両手で頭を抱える茶髪を運転手が腹を抱えて笑っている。周囲の騒ぎをよそに髭はシートに置いてあったバッグからビデオカメラを取り出した。

「おい、ハヅキユーセイ君」

気安くひとの名前を呼ぶな髭パーマ。俺は男を睨みつけた。

「おまえ、ケツの穴にチンコ突っ込まれたことあるか？」

「は？」

なに言ってんだ、この男。頭でもおかしいのか。絶句する俺を見て、髭面はこっちをバカにするように嘲笑《あざわら》った。

「その様子だとなさそうだな。まあ普通はないだろうよ」

殴られてボコボコにされるんだろうと思っていた。到底無事ではすまされないと。

だがこれは、いくらなんでもこれは――想像してなかった展開だ。

「これからユーセイ君は、ケツの穴にチンポコをぶちこまれまーす。んで、その感動的な処女喪失シーンをビデオに撮られて、ネットで公開されまーす。屑な俺的には、おまえのイイ顔期待しとくな」

「そりゃ、ご期待頂き恐縮です」

強がってみたものの、さすがに唇が震える。髭がこれから俺の身に起きるであろうことを予告してくれたおかげで、恐怖がじわじわと這いのぼってきた。

（嘘だろホント、冗談キツい。男に犯《おか》されるなんて、ボコられるほうが百倍マシだ……！）

両手は後ろ手に縛られて相手は四人。自力では到底逃げられない。絶望でふっと目の前が暗くなった。

全部たちの悪い冗談みたいだ。なんていうかこの期《ご》に及んでも、いま起きている事態が現実じゃないような気がしてくる。

（こんなしょうもない屑どもに犯されるなら、いっそ白石に捧げたほうが全然よかっ……待て待てそこは駄目だろ。白石とだって駄目だって！　落ち着け俺）

突然坊主に顎を掴まれて、無理矢理顔を上げさせられた。ムッとして反射的に睨みつけると、いっそ相手に感心された。

「カラダ張って女を逃がし、こんな時でも泣き喚いたりしない。確かにあんたはイケメンかもな」

嘘だろコイツ――俺が真のイケメンだって、今頃気がついたっていうのか。

俺の一挙一動、醸《かも》し出すオーラ、紡がれることばの調べ、どこをどう切り取っても不純物ゼロパーセントのイケメン成分で構成されており、そこらへんを歩いているなんちゃってイケメンとはわけが違う。とにかくあり得ない話だ。

（可哀想にコイツら、きっと極端に感受性が低いんだな。だから女の子を物みたいに扱

えるんだ）

　こんな屑どもに犯《や》られてたまるか。とにかく足まで縛られなかったのはラッキーだ。

（俺に近づいたら、金玉潰してやる）

　坊主が床に転がっていた工具箱を持ってくる。ロックを外し、中からあやしい小瓶を取り出した。

　髭がビデオカメラを覗き込む。ムカつくことに最新のハイエンドモデルだった。合宿用に買うかどうか迷った挙げ句、諦めたから知っている。

（なにが高画質高精細だ、くそ）

　坊主が無言でこちらを見下ろしてくる。足下から茶髪が近寄ってきたところで、思い切り踵《かかと》を振りあげる。が、寸前のところで躱《かわ》されてしまった。

「うお、なんだコイツ。玉狙ってきやがった！　はやく嗅《か》がせろって」

　喚く茶髪へ坊主がのんびり答える。

「今やるから待て」

　嗅がせる、の意味がよくわからないまま鼻先へ例のあやしい小瓶を突きつけられた。咄嗟に顔を背け、口呼吸にかえたが、掌で唇を塞がれる。

　十秒くらい耐えたところで、堪《たま》らず鼻で吸い込んでしまった。

「――ぐっ」

強い刺激臭に、一瞬で鼻の粘膜が焼け爛《ただ》れるかと思った。

視界が赤くなる。眼球の血管が拡張しているせいなのか。心臓の拍動する音が全身の骨という骨に響き渡る。それは次第に大きくなり、気がつけば爆音となっていた。

（心臓、バクバクうるせー）

意識はあるのに、身体はまるで言うことを利かなかった。息があがってハアハアする。これじゃあまるで変質者だ。

（チクショ……これ、絶対やばい系の薬だろ……っ）

Tシャツが胸元までたくしあげられる。ベルトに手を伸ばされて、必死に身を捩ろうとしたが、まともに動けなかった。

「やめろ……ッ」

「まだ抵抗できるとかすごいな。一応アレも使っておくか」

「えー、男に使うのかよ。高いのにもったいねえ……」

茶髪が不満たらたらに鼻を鳴らす。だがこっちとしてはそれどころじゃなかった。ベルトを外され、ジーンズを脱がされる。

「ああ、思ったとおり身体もいいな。筋肉も綺麗についているし、肌は真っ白、見ろよ乳首なんかピンクだぞ」

「男の乳首がピンクでどうすんだよ。つかなんなのコイツ、足長すぎじゃねえ？」

悪かったな乳首がピンクで。

（こうなったらおまえらには、ひとの乳首を見て落ち込んだ女の子を、ラブホの休憩時間いっぱい使って慰めなきゃいけない呪いをかけてやる）

俺が男たちを呪っているあいだに、とうとうボクサーパンツまで剥がされる。ご丁寧にもサイドからじわじわとナイフで切り裂かれた。刃が皮膚に軽く触れた際、悔しいことに身体が竦んだ。

男たちは全員着衣なのに、ひとりだけ全裸を晒《さら》すのは恐怖であり屈辱だった。

「せっかくカメラを回してるんだ。せいぜい気分出してくれよ」

どこから取り出したのか、坊主がピルケースを見せつける。また薬を使うのか。青ざめる俺を見て、坊主は噛んで含めるみたいに言った。

「なあ、ゴムにシャブ付けてそいつを女に突っ込むと、その女は一生シャブ中のセックス狂いになる。おまえ、知ってるか」

「――ッ」

「ま、コイツはシャブじゃないから、一応安心していい」

この野郎、安心させるつもりゼロだろ。形状からして、薬は座薬タイプのようだった。嫌だ。そんなの絶対に使われたくない。

坊主はこちらに見せつけるようにして、指にコンドームを被せた。

「やめっ……！」

制止するまもなく両膝を割られ、そのまま胸につくほど押しつけられる。ペニスも肛門も陰嚢《いんのう》も、秘部がすべて丸見えの格好だ。いくら男相手とはいえ、かああっと顔面に血がのぼった。

坊主の肩越しに髭野郎が容赦《ようしゃ》なくカメラを構えるのが見えた。

「おいイケメン君。この動画、海外のサーバーから配信するからモザイクなしだぜ。せいぜい気分出しとけよ」

「この……ッ」

後ろ手に縛られた指は、痺《しび》れて感覚を失っている。それでも必死にもがいていると、首がのけぞるほど、坊主にきつく前髪を掴まれた。

「おまえの相手はこっちだ。ちゃんと集中しろ」

叱責《しっせき》するようなことばに、カチンときた。だがそんな悠長なことを言ってる場合じゃない。尻の一番奥まった窪みを、ぐるりと指で確かめられる。コンドームの潤滑ゼリーがひんやり冷たかった。

無駄だと知りながらも腰を捩って逃れようとした。瞬間、つぷんと指が入ってくる。

「ひ、ぃ」

思わず情けない声が漏れる。異物感はあるもののゴムについているゼリーのせいか、痛みはあまり感じなかった。身体を内側から蹂躙され、思わず吐き気がこみあげる。

「オラ、しっかりケツ穴引き締めとけ。じゃねえと、奥までずっぽり入っちまうぞ？」

「あ、あ、やめ……ッ」

入り口付近で止まっていた指が、浅い抜き差しを繰り返す。腹に力を入れようとしても上手《うま》くいかなかった。ぬぷぷと、男の太い中指がとうとう根元まで挿入される。

「初物だとやっぱりキツいな」

なんの前触れもなく指を一気に引き抜かれる。なくなった異物感にほっと息をつく間もなく、肛門にひやりとした感触を覚えた。座薬だ。

「駄目だ、やめ……ゃッ」

笑えるくらいあっさりと薬が肛門へ挿入される。

「好き嫌いしないで、ちゃんと食えよ？」

指で栓をされ薬を排出することができなかった。体温でじわじわと座薬が溶けてゆく。

その絶望的な感覚。

「あ？　あ……ああ……」

尻が熱い。中が疼《うず》いてじゅくじゅくする。

まるで身体の内側から、炎で炙られているみたいだった。泣きたくないのに涙がじわじわあふれてくる。必死に顔を伏せようとしたが、運転手に顎を掴まれ阻《はば》まれた。

「やー、お宅ほんっとイイ顔で泣くね。俺、コイツのこと飼っちゃおうかなー。フェラ用に歯折って、身体中ピアスでボコボコにしてさあ。飽きたら外国に売り飛ばすの」

「おまえが飽きたあととか想像したくないな。……まあ、あっちは物好きが多いから」

言いながら髭は、俺の尻に指を無造作に突っ込んだ。初めは一本、すぐに二本目が入ってくる。

「入り口は狭いが、中はけっこう柔らかいな」

「くぅ、んんっ、あ、あ」

拳の骨が尻にぶつかるくらい、激しく指を抜き差しされる。そのたびにチカチカと目の前に火花が飛び散った。

「ゆび、やっ……も、ぬけ、よぉ」

無駄だと知りながら、俺は喚かずにはいられない。坊主が短く笑って言った。

「んー？　抜いて欲しいのか、仕方ねーな」

尻を弄っているのとは別の指がペニスを掴む。

薬のおかげでガチガチになったペニスを荒っぽく扱《しご》かれると、尻が勝手に浮きあがった。

「ひんっ、ぃああ！」

尻を犯す指が、性器の根元を裏側から押しつぶす。尾てい骨が電流で焼ける。痺れがまたたく間に全身へとひろがった。

酸欠で頭がクラクラする。心臓が今にも破裂しそうだ。

「あ、あ、あ」

ペニスも尻も蕩《とろ》けてしまいそうだった。いっぱいになった唾液《だえき》が、口端からだらりとあふれだす。ははは、と坊主の笑い声が遠くに聞こえる。

「悪いな、抜くってこっちの意味じゃなかったのか。でも気持ちよさそうだし、結果オーライだよな」

「あ、がっ！　ひぁあ」

「泣くほどイイのか。指でイったら次はお待ちかねのチンポだぞ。腰が抜けるくらい犯ってやるから楽しみにしてろよ」

指で乱暴に突かれるたび、ペニスからは先走りの液がお漏らしみたいにあふれてくる。

（俺……壊れ……？）

怖いと思うのと同時に、頭のうしろがジーンと痺れた。壊れたっていい。だって死にそうにイイんだ。もっと取り返しがつかないくらい、ぐちゃぐちゃにされて狂いたい。

（こんな、ああ――）

どうやらおかしいのは身体だけじゃないみたいだ。快感で脳みそまでイカレてる。

「ほら、我慢してないでイケ」

いつのまにか三本に増やされた指で、尻の中の痺れる部分を抉られる。同時に前を責められて、もう絶頂は目前だ。流されそうで、俺は奥歯を食いしばった。

（だめ、駄目だ。イったら犯られる……！）

指を入れられるのとはわけが違う。男のペニスを受け入れる、その意味。

「ははは。おまえ、自分が今どんな顔してるかわかってるか？　トロけそうな面で、美味そうに指食いやがって。ケツの穴が気持ちよくて堪らないか？」

「んっ、んう！　ちが、ぅ、おれ、ちがっ……アァ」

助けを求めて俺は視線を彷徨《さまよ》わせた。

さっきから大人しいと思ったら茶髪の野郎が食い入るように俺のことを凝視《ぎょうし》している。その傍らで髭はひたすらカメラを回していた。運転手が俺の顔を真上から見下ろした。

「いっぱい我慢したほうがもっともっと気持ちよくなれるもんねー。嫌なのに感じちゃうドMで淫乱《いんらん》なユーセイ君にご褒美《ほうび》あげるね」

運転手がこちらへ指を伸ばす。やめろ、と叫ぼうとした声が喉で詰まった。

「ッ――――！」

乳首の形が変わるほど、きつく指で摘まれる。ペニス、肛門、乳首、その三点を繋ぐひとつの線が一瞬で灼《や》けついたような衝撃。腰骨の奥から射精感がこみあげてくる。

「く、いくぅ、イッ……！」

男の指の中で性器が爆《は》ぜる。吐き出した精液が、顎の近くまで飛び散った。

「あ、ああ、あああ」

尻も乳首もペニスも、なにかもかも信じられないくらい気持ちよかった。こんな快感がこの世にあったのか。コレを貰えるなら、なにを差し出したってかまわない。そんなことさえ思ってしまうくらい圧倒的な悦楽。

眼を見開いている筈なのになにも見えない。俺はひたすら絶頂を貪った。

「は……あ……」

しばらく声を出すものは誰もいなかった。俺の荒い息づかいだけが車内に響く。

なあ、と咳払いをしながら茶髪が口を開いた。

「やっぱ俺もさ……あとでコイツ使ってみるわ。なんか思ってたより……」

強引に埋められていた指を引き抜かれる。意志とは無関係に、肛門が勝手にヒクヒクするのが恥ずかしかった。

ベルトを外す金属の擦れた音がして、次にファスナーをさげるジジジという音。縛られた腕はもうなにも感じない。こころもはやく同じように感じなくなればいいのにと思う。

「いい子だ。そのままじっとしてろよ」

坊主の声に視線を持ち上げ――息を飲む。

「は、はは……」

我知らず俺は笑っていた。だってこれが笑わずにいられるかよ。坊主のペニスは凶悪としか言いようのないデカさだった。冗談抜きで女のひとの腕くらいありそうだ。それが今から俺の中に入ってくる。そう考えた瞬間、堪えていた筈の嗚咽《おえつ》がちいさくこぼれ落ちた。

（クソクソクソ……！）

こっちが泣いたり怯えたりすれば、それだけ相手を喜ばせることになる。わかっているのに駄目だった。

やっぱり嫌だし、怖い。すごく怖い。

「あー、チンコいてえ。はやくこっちへまわしてくれよ」

茶髪のことばに坊主が苦笑する。

「まあ待てって。おまえも本当に調子いいな」

「うるせえな、いっぺんくらい試してやるっつってんだよ」

いきりたつ茶髪に運転手が呆れ顔で肩を竦めた。

「はいどうどう、ちょっと落ち着きなよー」

ふたりをよそに、坊主と髭は撮影の打ち合わせに入っている。

「この角度だと顔が隠れちまうなー」

「ケツと顔両方映せよ」

「わーかってるって。……っと、この角度だな」

髭がカメラ越しに笑って言った。その心底楽しそうな笑顔に思い切り唾を吐きかけたい。

「んじゃまあ、その極悪チンポぶっ込んで、イケメン君の人生ぶち壊してやれ」

「了か――」

突然、坊主の声がかき消される。驚きに心臓がドクンと跳ね上がった。

けたたましいクラクションがあたり一面に鳴り響く。車体ごと揺らすような騒音。音の響きかたからして、あきらかに一台だけじゃない。でもいったい誰がなんのために鳴らしてるんだ？

男たちがかなり焦った様子で互いの顔を見合わせた。

「なに？　なんだ？」

茶髪が慌てて窓にへばりつき、うわっと驚きの声を上げた。

「なんか……まわり囲まれてるんスけど」

「はあ？　どういうことだよ」

髭がカメラを放り出し、同じように窓から外を覗く。そのあいだも耳をつんざくようなクラクションは鳴りつづけたままだ。腕を縛られている俺以外、堪らず両手で耳を塞ぐ。

ほぼ素っ裸で足をおっぴろげたまま、俺は身じろぎできずにいた。なにやら深刻そうに顔を見合わせる男たちを見て、俺は唐突に気がついた。

（あれ？　ひょっとして俺、助かった……のか？）

ほとんど同じタイミングで男たちが俺を見る。考えていることは一緒みたいだ。

それにしても夜中にこれだけのクラクションを鳴らしても騒ぎにならないなんて、ここはいったいどこの山奥なんだろう。

そんなことを考えていると、ふいにすべてのクラクションが鳴り止んだ。

男たちが口を噤む。静寂が耳に痛いほどだった。

（なにがいったいどうなってんだ）

当然の疑問が胸に涌《わ》き起こる。とにかく外がどうなっているのか知りたくて、無駄だとわかっていながら俺はもがいた。

ふいに携帯電話の着信音が鳴り響く。

（俺のスマホか？）

馴染《なじ》みのある着信音といい、クラクションが鳴り止んだタイミングといい、たぶん間違いない筈だ。

坊主が鳴っているスマホを確かめ舌打ちする。やっぱり俺の携帯だった。

それを耳もとへ突きつけられるのと同時に、聞き慣れた声が飛び込んでくる。

『葉月、無事か』

「……しら、いし」

呆然と名を呼ぶと、深く息を吐きだす音が耳を舐めた。相手がどれだけ俺のことを心配してくれたのか、それだけで伝わってくる。

『スピーカーにしてくれ』

聞こえたのか坊主が従う。

『誰だか知らないが、聞いてるか。警察に通報されたくなきゃ、今すぐそいつを解放しろ。一応三分だけ待ってやる。ちなみに言っておくが、こっちは十人以上連れてきてるからな』

合宿の男連中を全員連れてきたのか。

気が抜けたのかなんなのか、はははと無意識に笑い声を漏らしていた。

「コイツら……」

半信半疑の男たちへ俺は肩を竦めてみせた。

「大学のサークル仲間だよ。合宿中なもんで」

悪態とともに、髭から服を投げつけられた。パンツは切り裂かれていて使い物にならない。仕方なくジーンズをそのまま身につけた。

『あと一分三十秒』

静まり返った車内に、白石の声だけが響き渡る。

捲《めく》れあがっていたTシャツを整えて、車の隅に転がっていたビーサンへそれぞれ足を突っ込んだ。

『残り四十秒』

耐えかねた様子で髭が怒鳴る。

「はやく降りろ！」

鼻で嗤って、床のうえに放り出されたビデオカメラを手に取った。

「てめえ……ッ」

「記念にいいだろ。俺のエッチな動画、あんたらに悪用されたら困るしさ。ほらモタモタしてたら警察呼ばれちゃうよ？」

「それを言うなら、そっちだって俺のこと殴ったんだ。傷害で訴えてもいいんだぞ」

「じゃあ被害届でも提出すれば？　裁判所でお会いしましょうってことで、かまわないけど俺は。一対四だしスタンガン使われたし……正当防衛って知ってる？」

残り十秒。白石のカウントダウンする声に、坊主の怒鳴り声が重なった。

「くれてやるから早く降りろ！」

俺が降りるなり、男たちは車を急発進させた。見事なロケットスタート、さすがに逃げ足が早い。

それをゆっくり見送る暇もなく、葉月！　と白石が車の中から飛び出してきた。

「よお。おまえ、よくここがわかったな」

あたりは森というか雑木林で、遠くに水のせせらぎが聞こえた。微《かす》かに潮の匂いも混じっているから、どこかの河口付近なのか。

「おまえがまえにスマホなくしたとか言って大騒ぎしたとき、捜索アプリ入れただろ。それ使った」

「マジか。それって過去の俺の功績じゃね」

「ふざけんな、このバカ。優希奈って子からおまえが拉致《らち》られたって連絡きて、最初ふざけてんのかと思ったがマジっぽいし。夜中にひとのことビビらせんな」

「ご、ごめんなさい。あの俺」

慌てて頭を下げる。さらに言い募ろうとして、ふいにことばを塞がれた。息ができなくて苦しい。

（あ……？）

気がつけば白石にきつく抱きしめられていた。冷房で冷えきった身体には、ぬくもりがひどく心地いい。

「なにさらわれてんだ、このバカ」

低く押し殺した白石の声を聞き、ようやく俺は確信した。

もう大丈夫なんだ。助かった。

途端、へなへなと腰が抜けそうになり、ほとんど白石にすがりついた。そんな俺を相手は当然のように抱きとめてくれる。軽口のひとつくらいかましたいのに、今口を開いたら泣いてしまいそうで無理だ。

相手の肩に顔を埋め、深く息を吸い込んだ。

嬉しくて何度も嗅いでいるうちに、濡れた犬みたいにぶるぶるっと全身がおののいた。

（白石の、匂いだ……）

（あ……あ？　俺……っ）

脱出のどさくさに紛れていただけで、薬の効果が切れたわけじゃなかった。

吐き出す息も、顔も熱い。なにより、身体の一番奥が——熱くて熱くて気が狂いそうだった。

ほっと吐き出された白石の息が、俺の耳を掠めてゆく。ただそれだけのことに膝がガクガク笑いだした。

「白石、ごめん……立ってるの、つらい」

なんでもないフリをしたいのに、どうしても声が震えてしまう。

「謝らなくていい。気づかなくて悪かった」

俺が助手席へ乗り込むのと同時に、太田先輩がミニバンから降りてくる。俺は慌ててウィンドーを下ろした。

「そうだ、皆にも謝らないと」

窓へしがみつく俺へ、白石は鷹揚《おうよう》に頷いた。

「ああ、そうだな。ふたりにはよく礼を言っておけよ」

「ふたり？」

首を傾げる俺のもとへ、同じく車から降りた本間が、太田先輩と連れ立ってやってくる。

俺は両目をまたたいた。

「は？　ふたりって本当にあのふたりだけ？　え、じゃあ十人ってのは？」

「こんな時間だろ。酒も入ってるし、皆とっくに寝てるっての。起こしちゃ悪い」

「いやでもさ、でもだよ？　サークルのアイドル、皆さんの葉月君のピンチですし」

「だから来てやったじゃねーか。おまえ、今度なんか奢《おご》れよ」

つまり、十人と言ったのはフェイクだったのか。

サークルの皆に迷惑をかけなくて良かったと思う。でもそれと同時に、ちょっとだけ白石にムカついた。

「おまえなあ！　相手は四人でこっちは三人って、こっちのが人数で負けてるじゃん。俺は戦力にならないし、万が一乱闘になったらどうするつもりだったんだ」

「んー……まあなんとかなっただろ。こっちは太田先輩いるし、ついでに正義の味方も呼んでおいたからな」

白石が言い終わらないうちに、どこからともなくパトカーのサイレンが聞こえてきた。

拡声器の声からすると、けっこうこの近くみたいだ。ひょっとしなくてもあの野郎どもが追われてるんだろうか。

「通報したんだな」

「そりゃ、善良な市民としてあたりまえの義務ですし。未成年者略取及び誘拐罪だぞ、九月生まれ」

「うん俺、ぎりぎりティーンエイジャーで良かった？」

優希奈ちゃんには直接警察へ駆け込んでもらい、白石は白石で目撃者を装い電話で通報したらしい。

「人を誘拐している車を見かけました。ナンバーはこれこれです。ってこの付近の住所を教えておいたから捕まるだろ、たぶん」

「あいつらヤバそうな薬持ってたから、職質されたらアウトだな」

「薬って……」

白石がぎょっとする。だがつづくことばは、太田先輩の声に遮られた。

「葉月！」とこちらへ寄ってくる。助手席のシートにぐったりもたれる俺を見て、太田先輩はウィンドーの中へ顔を突っ込みかねない勢いで言った。

「おい葉月無事なのか！　どこか怪我《けが》は……ッ」

「大丈夫です。それよりご迷惑おかけして、本当に申し訳ありませんでした！」

「おまえがさらわれたと聞いて、心臓が止まるかと思ったぞ。とにかく無事なら良かった」

太田先輩が気遣わしげに眉を寄せる。顔も体もゴツいけど本当に優しいひとだ。

その先輩の肩越しに、よおと本間が手を振った。

「なんか俺、役立たずでごめんな」

「なに言ってんだ。おまえのクラクション攻撃があったからこそだろ。本当に助かった、ありがとう。ふたりとも車の中からですみませんが、ありがとうございました」

白石が運転席へ乗り込みながら言った。

「チェックアウトには間に合うと思いますが、部長に伝えておいてもらえますか？」

ちら、とこちらを見て、太田先輩は頷いた。

「わかった。葉月のこと頼むな」

「はい、俺に任せてください」

先輩と白石のやりとりを、俺はほとんど聞いていなかった。声は聞こえているにも拘わらず、脳みそが意味を把握《はあく》しない。いよいよカラダがヤバそうだ。

（うっ、乳首擦れて……ッ）

身じろぎするたび服が肌を掠める刺激さえつらい。瞳が勝手に潤みだすのがわかった。

さっき出したばかりだというのに、射精欲がまったくおさまらない。むしろ一回達したことによって箍《たが》が外れたみたいだった。

頭の中が気持ちよくなることだけでいっぱいになる。

めちゃくちゃにペニスを扱いて、気持ちよくザーメンを吐き出したい。射精する瞬間をリアルに想像した瞬間、どういうわけか尻の奥がヒクンと疼いた。

（えっ、え……？）

混乱して狼狽える。

さっきは無理矢理、男の太い指を三本も挿入された。そして狭い場所を強引に開かれて、柔らかい壁をしつこくしつこく嬲られた。

嫌で堪らなかった筈なのに、どうして思い出すんだよ。

脳裏からこびりついて剥がれない、内側から焼け爛れるようなあの快感、通常の射精が霞《かす》んでしまうほどの強烈な絶頂。アレをもう一度味わいたいとか思ってんのかよ、俺は。

（ち、くしょ……最悪……っ）

爪が食い込むほど拳を握りしめる。掌に感じる微かな痛みに、俺は懸命に縋りついた。今にも理性が決壊《けっかい》して、この場で自慰をはじめてしまいそうだった。やばいやばいやばい。

助手席で苦しがっている俺を見て、白石は焦って会話を終わらせた。

「すみません、それじゃあ失礼します。おい、葉月大丈夫か？」

こくこく、と無言で頷くのが精一杯だった。

車は雑木林を抜けると、広い国道へと躍り出た。

白石は喋らない。すこし疲れているみたいだった。申し訳ない気持ちと同時に、胸にあたたかいものがこみあげてくる。

ダッシュボードのデジタル時計を確かめると、辛うじてまだ深夜と呼べる時間帯だった。もう何日も経ったように感じてたのに、実際はほんの数時間しか経ってない。夢だったと言われたら納得してしまいそうだ。

でも俺の身体は絶賛非常事態なわけで、たとえ夢だと思ってしまいたくても許されない現実がある。

車内は相変わらずシンと静まり返っていて、妙な緊張感に満ちていた。せめてカーステレオくらいつけて欲しいと思ったが、口を開くとおかしな声を漏らしてしまいそうで俺のほうからは言い出せない。

胸もペニスも後ろの穴もジンジンする。車の振動が、ダイレクトに下半身へと響いた。掌で口もとを覆い、恥ずかしい声を必死に堪える。

「ふ、んっ、んんぅ」

隣で運転している白石に気づかれないよう、俺は膝をもじつかせた。

欲情していることを、コイツにだけは知られたくなかった。コイツが俺のことを好きだから、刺激したくない。というのも勿論あるけど、単純にカッコ悪いから嫌だった。

だって男なのに男に襲われて、薬使われて。

酒の席でも白石が下ネタを口にすることはほとんどない。仲間内で誰かが下ネタを話せば一緒になって笑ったりしているけど、それだけだ。

「ここから一番近い病院でも三十分はかかるな」

信号を待つあいだ、白石はスマホを覗き込んで呟いた。

「病院……？」

「おまえ、身体つらいんだろ。一応医者に診て貰おう」

「……ッ」

これから三十分かけて病院へ行って、車を降りて受付まで歩き、医者に診察をしてもらう。

反射的に俺はかぶりを振っていた。無理だ、そんな苦行耐えられるわけがない。俺はシートベルトごとぎゅっと己の肩を握りしめた。カタカタ、とわななく身体を止められない。

「嫌だ……っ」

俺の様子に気がついて、白石が慌てて車を路肩へ停めた。

「嫌だって……おまえ大丈夫なのか？」

大丈夫かと訊かれたら、全然大丈夫じゃない。俺は首を左右に振った。

「大丈夫じゃないって……だったらなおさら病院へ行くしか――」

「駄目なんだ、俺、病院とか、ムリっ」

は、は、とそれだけ言うのに息が切れる。白石が両目を大きく見開いた。

「俺、ヘンな薬盛られて、身体ヘンで……」

駄目だ、言うな。そう思うのにことばが止まらない。耐え切れず、目尻から一粒涙がこぼれ落ちた。

「も、出したい。あたま、おかしくなる」

対向車線を走る車が、ヘッドライトで一瞬車内を照らしてゆく。白石の表情は影になってよく見えなかった。

コイツが何を考えているのか、怖くて推し量ることができない。

白石は着ていたパーカーをおもむろに脱ぐと、俺の膝にかけてくれた。

「我慢できないなら出せばいいだろ」

コイツはいったいなにを言い出すんだ。そう思う一方で従ってしまいたい自分がいる。

「ばっ、なに言って……！」

「俺のことはまあ……気にすんな」

白石はカーステレオをオンにすると、さらにそのボリュームをすこしだけ上げた。

「外にいるから、具合が悪くなったらすぐ呼べよ」

そう言って、白石はすぐに車から降りた。助手席側の窓を塞ぐように佇んでくれる。友人の心遣いに涙がこぼれ落ちそうだ。ここまで言われて我慢できるわけがなかった。完全に頭がおかしくなっているって自分でわかる。

ひどく震えて覚束ない指で、ベルトを外しジーンズのファスナーを下ろす。下着をつけていないため、性器がすぐに剥き出しになった。

既に勃起《ぼっき》して濡れそぼっている陰茎《いんけい》をそっと握りしめた。

「ひぁ……！」

扱くとすぐに指がぬるぬるになった。夥《おびただ》しい量の先走り液は、ひょっとしたらすこし精液が混じっているのかもしれなかった。ちょっと尋常じゃない濡れ具合だ。

ハアハアと真夏の犬のように、荒い呼吸を繰り返す。股間が蕩けそうなくらい気持ちがいい。俺はすぐにひとり遊びに夢中になった。

「あっ、は、くぅ」

眼を開けると、所在無さげに立ち尽くす親友の背が見える。車の扉一枚、窓一枚隔てたすぐそこに白石がいる。

（白石、ごめん……）

はやくイって、なんとか落ち着きたい。思うほど気持ちが焦ってしまって、射精感が遠のいてしまう。ひどい興奮と緊張のせいでうまく指を使えなかった。悪戯《いたずら》に性器をなぞるばかりで、あまりのもどかしさに腰が捩れる。

扱くのが無理ならと、俺は指で輪を作るとそこへペニスを突っ込み、セックスの要領で腰を振った。

「んん、あ、ンン」

気持ちいい。気持ちいい。堪らない。すぐそばに親友がいることも、夜中とはいえここが天下の往来だということも、全部頭から抜け落ちる。

胸を前へ突き出すと、尖った乳首がTシャツに擦れてムズ痒いのが堪らなかった。

本当は、乳首をいやらしく弄りながら思い切り性器を擦りたい。散らばった理性の欠片を総動員して、俺は必死にそれだけは避けた。男なのに、乳首なんかで感じてどうすんだよ。これ以上痴態をさらすのは嫌だ。

「あ、も、アアア」

瞼を閉じたのにチカチカする。

胎《はら》の底に生まれた快感が、陰嚢を炙り尿道を焼きながらこみあげてくる。喘ぎ、だらしなく涎をこぼしながら、俺はとうとうそのときを迎えた。

ねっとりした絶頂感に、脳みそが痺れるみたいだ。もう瞬きをする気力も涌かず、ぐったりシートへ沈み込む。

窓を開けないと、匂いが籠っちゃうなとか、どうでもいいことが頭に浮かぶ。でも今はとにかく疲れきっていた。

唇がカラカラに干涸《ひから》びている。舌でそれを湿らせながら、俺はふいに気がついた。

（あ、れ……？）

たった今射精したばかりなのに、いつもオナニーで感じているような満足感が一切なかった。さっきと同じ、いやもっとずっと悪いかもしれない。ドロドロしたものが腹のそこに渦巻いているみたいだった。

半泣きでまだ濡れそぼったままのペニスをぐちゃぐちゃに扱く。達したばかりで敏感になりすぎた性器は、その刺激が快感なのか痛みなのか、ほとんど判別できなかった。

「ひ、ン」

股間が痺れたみたいにジーンとする。情けないことに俺は啜《すす》り泣いていた。

「も、やだ、ぁ」

薬の影響で指がロクに動かない。快感を散らせないもどかしさに、とうとう泣き言まで漏らしてしまう。つらいのと切ないのとで、頭の中がぐちゃぐちゃだ。

「……あ、ッ…たすけ……」

突然ぐっと肩を掴まれ、心臓が止まりかける。白石だ。俺の様子がおかしいことに気がついて車の中へ戻ってきたらしい。扉が開く音さえ俺には聞こえなかった。

涙で曇る視界でまたたくと、白石はひどく怖い顔をしていた。

「念のために訊くが、本当に病院へ行かなくてもいいんだな？」

必死に頷く俺を見て、白石はスマホを取り出すとふたたび隣で調べはじめた。目的のものはすぐに見つかったらしく、すぐに車を発進させる。

「んっ、う、ぁ」

走行中の微細な振動さえ、刺激になって俺を苦しめる。すこしでもこぼれる声を抑えたくて、俺は目を閉じ両手で口を必死に塞いだ。

何度か道を曲がったあと、やがて走行を停止する。着いたぞと言いながら、白石は車のエンジンを切った。閉じていた瞼をゆっくり開く。静まり返った車内に、俺の息を飲む音がやけに響いた。

ぴかぴか目立つ看板には、レストタイム五千円から、宿泊八千五百円からの文字。

(ラブホ……?)

呆然とする俺をよそに、白石がとっとと車から降りてしまう。凍りついたまま動けずにいると、助手席の扉が開くなり白石の手によって引きずり出された。

「行くぞ」

「は、え。ええ?」

まるで近所のコンビニへでも行くように、白石があっさり言い放つ。ロクに返事もできないまま、俺はラブホへ連れ込まれた

5

扉を開けると目の前に自動精算機が飛び込んでくる。まず第一に「わ、ラブホだ」と当たり前すぎる感想が浮かんだ。

白石はそれを一瞥したきり、ズカズカと部屋の中へ足を踏み入れる。心臓がすごくドキドキして息が苦しいほどだった。

（動悸が激しいのは薬が効いているせいだ。おまえが俺に惚れてるからって変な期待とか、勘違いすんなよ。こんなところに連れ込みやがって目的がバレバレなんだよ。いくら発情してるからって簡単に流されたりしないからな）

ひとが真剣に考え事をしているのに誰だか知らないがハアハアうるさい。と思ったら、そのハアハア言っているのはほかでもない自分自身だった。

俺の顔がこれほどまでに完璧な造作じゃなかったら、完全に変質者だ。美形に生まれてきたことに感謝したい。

俺にとって唯一の救いと言えば、このラブホが駐車場から入れるタイプだったので、フロントで気まずい思いをしなくて良かった点だろう。

（休むだけなら、別に……シティホテルでもいいのに。白石のヤツ、完全に落としにきてるな）

　申し訳程度のソファにやたら大きなテレビ、ガラス張りで丸見えの浴室や、狭い部屋の真ん中にどーんと配置されているキングサイズのベッド。真新しいとは言えないが、年季《ねんき》が入っているというほどでもない。ごくごくまっとうなラブホだ。何をしてまっとうというのかは俺にもよくわからないが。

　皆の泊まっているホテルは無理だとしても、ラブホに連れ込むなんてどう考えても下心満載に決まっていた。

（俺……これからコイツに、裸にされて裸を見られて、キスをされて舌を入れられて全身くまなく触られたり舐められたりしたうえでお尻にチンコ入れられちゃう……？）

　想像しただけで首筋にぞわっと鳥肌が立った。膝がガクガクして立っていられない。

　無理無理無理無理。コイツとは中坊の頃から友達だったんだぞ。一緒に買い食いしたりサッカーしたり、互いの親とも面識ありまくりなんだ。確実にこの世でセックスしちゃいけない人間トップスリーに入るだろ。

　白石とセックスとか、絶対に駄目だ。

　さっき男たちに嬲られた感触が、嫌になるくらい肌にこびりついている。嫌だ嫌だ気持ち悪い。でもそんな拒むこころとは裏腹に、身体は死ぬほど発情しているのが惨めだった。

は、は、はと盛った犬みたいに息を荒げていると、白石がベッドに俺を突き飛ばした。

なすすべもなく横たわる俺を見下ろしながら、白石はふと俺の手もとへ目を向けた。

「おまえが持ってるのビデカメか？　どうしたんだ、それ」

無意識のうちにビデオカメラを部屋へ持ち込んでいたらしい。でも今の俺には死ぬほどどうでもいい質問だった。

身体が熱い。オナニーがしたかった。いやらしくペニスを弄って最高に気持ちよく射精したい。乳首も尻の穴もジンジンして気が狂いそうだ。

他人の眼がなければ、猿のように自分を慰めていただろう。なけなしの理性を総動員しながら、俺はどうにか口を開いた。

「アイツらから徴収した迷惑料兼、証拠物」

白石は僅かに眉を寄せると俺の手からカメラを奪い取った。そのままベッドの端に腰を下ろす。

「あ、ちょっ……」

「なんだ」

慌てる俺と裏腹にやけに白石は冷静だ。そう、冷静なのにピリピリしたオーラを感じるのは何故なのか。

「えっと……それ見る気？」

「ああ、おまえの容態《ようだい》が悪化したとき対処できるよう一応な」

「バカ、止めろって」

「なんでだよ」

「なんでって……プライバシー的なアレだアレ」

まともに頭が働かないので、自分でもなにを言っているのかよくわからなかった。白石は見る気満々だ。カメラを取り上げようと伸ばした腕も、あっさりと躱されてしまう。

「なあ、本当に止めて。ってていうかマジで止めたほうがいいって」

「そこまで言われたら、フリとしか思えないぞ」

「フリじゃないってこのバカ！　つか本当に見るの……マジで？　おまえ絶対引くなよ。いや引くと思うけど、俺は」

「引くとかなんだよ。おまえは被害者なんだ、余計な心配すんな」

言いながら白石がカメラの電源を入れる。俺が止めるよりさきに、動画の再生ボタンを押されてしまった。

『指、やぁ……』

誰の声か一瞬本気でわからなかった。ちいさな液晶には大股開きの俺の姿が映っている。嘘だ嘘だ。俺はこんな声出したりしない。

男に耳もとで何かを囁かれ、嫌々するようにかぶりを振った。勃起したペニスの奥には、男の太い指が三本ぶちこまれている。潤んだ瞳で喘ぐ自身の姿に俺は呼吸が止まるほど驚いた。

（なんだよこれ、俺エロすぎぃ……）

下半身は壮絶なことになってるいっぽうで俺の表情はどこか幼い。エロさと無垢《むく》さが混在しているというか、確かにこれはノン気の男がトチ狂うのもわからなくもない。

改めて、なんて魔性な俺。そこまで考えて俺はハッとした。

（待てよ。ただでさえ俺に惚れている野郎が、こんな衝撃映像を見ちゃった日には……）

慌てて白石へ眼を向けると、食い入るように画面を見つめている男がそこにいた。もう見るなと言いたいのに、咄嗟に声をかけられない。親友になにやら凄惨《せいさん》なものを感じ、冷や汗が背中を伝った。

白石、と名を呼んでもヤツは答えない。無言のまま最後まで見終えると白石はカメラをベッドの下へ放り出した。

「――よかった」

おいおいおい。親友が犯されかけてる映像を見た感想がそれですか。さすがに咎めようとする俺へ、白石は鼻に皺《しわ》を寄せた。

「さっきは相手の顔を見たらぶち殺さないでいられる自信がなかったから直接会わなかっ

たんだが、正解だったな」

「ぶち殺……」

白石の全身から怒りのオーラが立ち上るのが見えるようで、ベッドのうえで後じさる。俺の態度を見て、何故か相手はぐっとこちらへ乗り出してきた。

「あ、ちょっ、近……」

焦る俺を尻目に、白石は真顔で言った。

「コイツらに使われた薬、まだ効いてんのか？」

「へあっ？　う、ん……効いてるかなあ？」

精一杯ことばを濁してみたが、白石の眼光が鋭くなる。と、腕を掴まれ無理矢理ベッドから引きずり下ろされた。

「え？　え？」

ひとり眼を白黒させていると、白石は俺を浴室へと急き立てた。脱衣所まで来たところで服を脱げ、と命じられる。

「白石君……？」

男同士なんだし下手に恥ずかしがるほうが変なのはわかる。でもここはラブホだし白石は俺に惚れてるし、なにより俺はレイプ未遂《みすい》されたばかりの身の上で──。

「身体、洗えばいいんだろ。俺ひとりでできるから……」

「ケツの中なんて自分じゃ洗えないだろ」

「洗えます！　それに、おまえにそんなことさせられねーって」

あまりのことに思わず声がひっくり返ったが、そんなことかまっちゃいられない。だがあくまで白石は冷静だ。

「まあ、どうしても嫌だってんなら今から病院連れてくけど。どうする？」

「どうするって……」

裸見られてどうしよう、とかいうレベルじゃない。いくら親友だからってケツの穴洗ったりしないだろ。でも俺のことを好きなくせに白石はあくまで友達の立場を崩そうとしない。ちょっと狡《ずる》くないか、これ。

病院へ行って男たちになにをされたか説明して、尻の穴を洗浄される自分の姿を想像する。泣きたくなった。

どっちも無理だし、どっちも嫌だ。

（うう、最悪すぎる……）

身体が本当に限界だった。これから部屋を出て車に揺られ病院へ向かうことを考えたら、俺は衣服に指をかけていた。

白石が見守るまえでTシャツを脱ぎ捨てベルトに指をかける。ジーンズを脱ごうとして気がついた。そう言えば俺、パンツ穿いてないんだった。

「……勃《た》ってるから、あんま見るなよ」

「おー」

白石のバカがちょっとだけ笑う。その顔がムカついた。

「なにそこでボケっと見てんだよ。ストリップじゃねーぞ」

俺のことばに白石はぱちりと瞬きをした。

「ああ、悪い」

白石は無造作にTシャツを脱ぎ捨てると、なんの躊躇もなくジーンズを下着ごと引きずりおろした。とっとと全裸になると俺を見て顎をしゃくる。早く脱げと言いたいんだろう。

（うう、なんでこんなことに。呪われてるとしか思えない……）

白石に背を向けて脱ごうとして、それだと尻が丸見えだと思い直す。結局斜め四十五度くらいの角度で俺は渋々ジーンズを下ろした。

焦っていたせいか、チンコが引っかかってしまい、うっかり「んあ」とか間抜けな声を上げてしまったが、白石はノーコメントだった。

「白石、やっぱりやめねえ……？」

懇願する気持ちで窺いを立てたが、相手は無言でかぶりを振った。裸の肩をトンと押されて、悲壮な気持ちでガラス張りのバスルームへと踏み込んだ。

「立ってるのつらいだろ。床に座れよ」

白石のことばに従おうとしたところ、腰を掴まれちょっと体勢を変えられた。所謂四つん這いの格好だ。思わず振り向くと、肩越しというか尻越しに白石と眼が合った。あまりのことにカアアと顔面が熱くなる。

「な……あっ……」

「こうしたほうが洗いやすいだろ」

「ううう」

羞恥のあまりに目尻にじわっと涙が滲む。耳鳴りみたいに頭がガンガンした。

（あああ、死ぬ死ぬ死ぬ俺はこのまま恥ずか死ぬ……）

思い切り動揺したせいでただでさえ乱れた息がますます荒くなる。ああもうハアハア言いすぎだって。掌で唇を塞ぎ俺はぎゅっと目を閉じた。無心、無心だ。

こうなったら一刻も早くこの時間を終わらせて欲しい。

「お湯、流すぞ」

白石のことばとともにあたたかいシャワーが背中一面に浴びせられる。気持ちいいのか気持ち悪いのか自分でもよくわからない。ゾワリと全身に鳥肌が立った。

くちゅくちゅ、と背後で音がする。白石がボディーソープを泡立てているんだろう。本当の本当に中まで洗うつもりなんだろうか。ここまできて俺は往生際悪くそんなことを思った。

（どうしよう俺の中、薬でぐちゅぐちゅなのに……白石に指入れられちゃう）

恥ずかしいし惨めだしこんなの嫌だ。そう思うのに、さっき尻でイカされた感覚がまだ鮮烈に残っていて、物欲しげに最奥がヒクつくのが自分でわかった。

シャワーの音をかき消すように、白石が声を張り上げる。

「洗うからな」

俺は返事ができなかった。確かめるように指があてがわれる。力を抜け、と言われたがそんなの言われるまでもなく身体のどこにも力なんて入らなかった。入り口を軽く揉みほぐし大丈夫と思ったのか、すぐに指が入ってくる。

「ひぅ」

情けない声が漏れて、また死にたくなる。ボディーソープをまとった指はぬるぬるしていて滑りが良かった。ぬぬぬ、と狭い内壁をかきわけるようにして、ひたすら奥を目指してゆく。

「や、め、いやだ、ぁ」

指と一緒にお湯が中に入ってくる。熱い。我慢できずにポロポロと涙があふれてきた。

男のゴツい指、白石の指だ。爛れたみたいにグズグズの中をかき混ぜられて、頭がおかしくなりそうだ。

恥も外聞《がいぶん》もなく、俺は自分のペニスを握りしめた。白石は薬を流そうとしているだけなのに狂おしいほど感じてしまう。ロクに動かない指で必死に自分を慰めた。と、後ろからゆっくり指を抜かれる。なんでだよ。ひとのことこんなにしたくせに酷い。

「あ、ああ……」

耐え難い切なさに俺が悶えた瞬間だった。今度は二本まとめて後孔へ指を挿入される。

「っ、あ、アアア」

一番奥まで辿り着くと、白石は入れた指をVの字に開いた。お湯が流れ込んでくる。ただでさえ敏感になっているのに、あまりにも刺激が強すぎた。チカチカと目の前に火花が散る。

「葉月、大丈夫か？　あともうちょっとだからな」

白石の声が辛うじて届く。頷いたつもりだったが、実際はどうだったかわからない。何度か指を抜き差しされて、軽く意識が遠くなった。

（も……無理ぃ……）

気がつけば俺はふたたびベッドに横たわり、ぼんやり天井を見上げていた。

どこかで誰かがアンアン言っている。すごくいやらしい声だ。わずかに頭を起こすと、白石がちまいソファにおさまってAVを眺めているところだった。

このむっつりスケベめ。そうからかってやろうとして、大きな画面に釘付けになった。

（あ……すご……ぐちょぐちょ……）

大股開きで女のひとが犯されていた。男が腰を振るたび、尻をくねらせ喘ぐ。白石は俺が起きたことにまだ気がつかない。こんなときにAVなんか見るなよ、バカ。

（ひょっとして……俺とエッチできないから、その代わりに……？）

無意識のうちに、ごくりと喉を鳴らしていた。あのまま白石が助けに来なかったら、俺もあんなふうに突っ込まれて、ぐちゃぐちゃにされてたかもしれない。

（くそっ。白石のヤツ、この俺にAVみたいなエロいこと、したいとか思って……？）

想像して、下腹がずきんと重くなる。抜けきらない薬と、耳から入ってくるいやらしい水音、気持ちよさそうな喘ぎ声。やばい、頭がクラクラする。

（指を入れられて、いっぱいかきまわされて……ぐずぐずに柔らかくなったところにチンコを奥まで突っ込まれて――）

想像して全身がぶるっとおののいた。駄目だと思うのに、指がうしろへ伸びてゆく。

（駄目だ、駄目っ。そこに白石がいんのにっ……！）

駄目だ、と思うほど胸が騒ぐ。車の中で散々男に嬲られて白石に洗われたソコは、びっくりするくらい簡単に指が入ってしまう。薬の影響なのか、すこしぬめっているみたいだった。

（あ、あ、嘘だろ……）

ぬぷぷ、と指が全部中へ入ってしまった。俺、なんてはしたない真似をしてるんだろう。心臓がドキドキして今にも口から飛び出しそうだ。

奥まで入れた指をゆっくり入り口まで引き抜いた。もう止めよう、そう思うのに俺はふたたび指を動かしていた。異物の侵入を拒むように、内壁が抵抗する。熱くて狭くてぐねぐね蠢《うごめ》く。こんな場所へ突っ込んだら、どれだけ気持ちがいいんだろう。

自分でも入れたいのか入れられたいのかよくわからなくて混乱する。実際のところ両方なのかもしれなかった。後ろと前とどっちも気持ちよくなりたい。

空いていた指をペニスへ持ってゆく。前と後ろ、同時に指を使った。

「ひ、ぁ、あ」

堪えようとしても、声が抑えられなかった。だって頭がおかしくなるくらい気持ちがいい。

「あ、あ、ああ」

聞かれたらやばいとわかっているのに、バレたらバレたで別にいいやとどこか捨て鉢な気持ちだった。どうせならメチャクチャにして欲しい。そんなドMなことを思う自分と、そんな自分を嘲笑うドSな自分が同時に存在しているみたいだ。

開き直ってアンアン言いつつ、俺は恐る恐る眼を開けた。

「は、あ、はは……」

愕然《がくぜん》とした表情で白石がすぐそこに佇んでいた。放心しているようにも見える。

自分で蹴飛ばしたのか、白石が引き剥がしたのか、シーツが足下にわだかまっている。勃起して濡れそぼったペニスも、指を挿入した後孔も全部丸見えだ。もう完全に自暴自棄で、相手に見せつけるように腰を浮かせた。

俺の恥ずかしいところをいっぱい見て欲しい。そうしたらきっともっと気持ちよくなれる。そんな頭の腐ったことを本気で思った。

「白石ぃ、足りねえよぉ」

思わず泣きつくと、白石はびくりと肩を震わせた。狼狽えたように視線を彷徨わせるが、最後はふたたびこちらへ引き寄せられる。

「指じゃ足りない……ココ、もっと太いので、奥まで虐めて」

ココと言いながら、尻に入れた二本の指でかきまわす。嬲られて柔らかくなった最奥がぐぷぐぷと下品な音を奏《かな》でた。白石の口がぽかんと開く。助けて白石、と囁いた。

(駄目だ、それだけは……)

友達とセックスするなんて絶対に駄目だ。どこかでなけなしの理性が叫んでいる。

「お願い、おまえの、入れて」

これを言ったら、もう二度と取り返しがつかない。わかっていながら俺は言った。そして後悔するどころか自分のことばに感じてしまう。だって指じゃもう駄目なんだ。女の子みたいにぐちゃぐちゃに犯して欲しかった。男の、白石のモノで、いっそとことん突き落として欲しい。

葉月、と掠れきった声。白石が俺を凝視していた。

（ああ……）

指を銜《くわ》え込んだ最奥を灼けつくような眼で眺めている。頭の中では既に俺のことを犯しているに違いなかった。

おまえ、俺に惚れてんだろ。だってジーンズの前がぱんぱんに張りつめている。さっきまでAV見ていたせいかもしれないけど、俺のこんな痴態を見ても萎《な》えてないってことは、そういうことだ。

「白石ぃ……」

ずるりと指を引き抜くと、それを惜しむように後ろが切なく収縮した。しつこく嬲ったせいで、すぐには完全に閉じきらない。両手で尻を左右に開き、はしたない秘処を剥き出しにした。

軽蔑《けいべつ》されてもいい。ここまできて拒まれるのなら、いっそ諦めがつくように酷く罵《のの》しって欲しかった。

だが白石はそのどちらもせず、無言で俺に覆い被さってきた。

「あ……」

毟り取るようにジーンズを脱ぎ捨て、ガチガチに勃起したペニスを俺のへそに押しつける。それだけでどうしようもなく全身がおののいた。

さっき坊主のブツを突きつけられたときは絶望感しかなかった。でも今は、白石のが欲しくて気が狂いそうだった。

長さと太さはたぶん同じくらいだけど、笠の部分が張りだしているせいか、俺のよりデカく見える。こういうの、女のひとは喜ぶのかな。コレ、入れられたら俺どうなっちゃうんだろう。

白石が怖い顔で舌打ちする。俺はびくんっと身体を竦めた。

「煽《あお》ったの、おまえだぞ」

興奮のあまりことばが出ない。コクコクと頷くと、なんの躊躇もなくペニスが入ってきた。

「――――ッ」

ぴゅぴゅっと先走りの液がペニスのさきからあふれだす。

（あ、あ……嘘……）

まだ最後まで入りきっていないのに軽くイッちゃったとか、本当に何これあり得ない。

でも白石は挿入に夢中で気がついていないようだ。はふはふ、と俺は必死に息を整えた。どうにかこのまま誤魔化さないと、いくらなんでも恥ずかしすぎる。

「キツ……大丈夫か、葉月。どこか痛いとことかないか？」

大丈夫、と答えたつもりだったのに、舌がもつれ「らいじょうぶ」と口走っていた。ああもう畜生恥ずかしい。

白石があれ、と首を傾げる。腹のあたりを眺め不思議そうに言った。

「おまえ、ひょっとしてイッた？」

「……ってないけど、なんで？」

内心ドキドキしながら訊ねると、白石はふうんと頷いた。

「いや、先走りに白いの混ざってるから、精液出したのかと思って」

そんなことを言いながら、止まっていた腰を押し進める。そのとき俺は気がついた。あ、これ絶対に駄目なヤツだ。

尻に白石の陰毛があたり、根元までペニスを埋め込まれたことを知る。腹がいっぱいで苦しい。もう限界だと思った瞬間、中で白石がさらに大きくなりやがったのでうっかり泣きだしそうになる。

自分で強請《ねだ》ったのに、既に後悔したくなった。でも。

入り口はピリピリして嘔吐《えず》きそうなくらいつらいのに、腹側のちょうどペニスの真裏あたりがジーンとする。

サッカー部のOBに風俗大好きな先輩がいて、前立腺マッサージやべえとか言っているのを聞いたことがあった。生理的に風俗は苦手だし、前立腺マッサージなんて完全なる他人事だったのに、まさか我が身で実践することになろうとは。

「あ、あ、あ」

白石が中で動くたび、絶頂寸前の快感が襲ってくる。足の爪先がぴくぴくするのが自分でわかった。俺のうえで白石がくっ、と苦しそうに息を詰める。

「おまえの、キツいのにすげー動いて……ヤバい」

「ふぁ……な、なに……？」

頭がバカになっていて、すぐに言われたことばが理解できない。ぼんやり相手を見上げると、白石は口の端を歪めてみせた。なんか雄くせえなと思っていると、耳もとでぼそっと囁かれた。

「女のアソコよりエロい」

「あっ」

ずっと焦《じ》れったくなるほどゆっくり動いていたのに、いきなり抜き差しが激しくなる。痛みより衝撃に驚いて、あっと背を仰け反らせた。かけっ放しのテレビからアンアンといやらしい声が聞こえてくる。

「ひぁ、あ、ああ、ンあ！」

　でもそれは勘違いで、喘いでいるのはなんと俺自身だ。どこからどう聞いても感じまくってるエロい声。

「あ！　あ！　ああ！」

　相性がいいのかなんなのか、ひと突きされるたびペニスの括れに前立腺を押しつぶされる。ずっとイってるみたいな感覚がつづく。ふと気がついたら、ぐしゃぐしゃに泣いていた。悲しくもないし泣きたくなんかないのに、涙腺がぶっ壊れたみたいだ。

　しゃくりあげるたび後ろが勝手に白石のことを締めつけるせいで、また新しい涙があふれてくる。なにこの永久機関。もう嫌だ。

「わ、なんだおまえ泣いてんのかよ。悪い、大丈夫か？」

　腰を動かすのに夢中だったらしく、白石がようやく俺の様子に気がついた。嵐が止みようやく呼吸がまともにできる。涙を拭う気力もなく、俺は相手を睨みつけた。

　ぽんぽんとあやすように頭を撫でられて、ちょっとだけうっとりしそうになる。が、すぐに我に返ってその手を払った。

「大丈夫なわけあるか！　こっちは初めてなのにガンガン動きやがって！」

　あー、と白石は本気で困った顔をした。

「悪かった。おまえがアンアン言ってるからイイのかと思って」

「は……!?　あっ、アンアンなんて言ってない！」

白石の眼が細くなる。ふーん、そうとか呟きながら、いきなり腰を動かした。

「あっ、アア、ンア」

声をあげる俺を見て、勝ち誇ったように男が笑う。この卑怯《ひきょう》者め。文句を言ってやりたいのに俺の口は喘ぐのに忙しすぎて無理だった。

だって、中が気持ちよくて堪らない。

身体がどこかへ飛んで行ってしまいそうで、シーツをきつく握りしめる。と、白石が完全に俺にのしかかり、ぐっと体重をかけてきた。挿入がさらに深くなり、思わず叫ぶ。シーツを掴んでいた指を外されて、相手の首へ回すよう促された。

いつのまにか俺も白石も汗だくだ。肌と肌を引っ付けるとベタベタする。それがなんか妙に懐かしくて、俺は唐突に思い到った。

炎天下、茹《う》だるような暑さとぬるい風、芝生《しばふ》の匂い、歓声。インハイで試合に勝った嬉しさに無我夢中《むがむちゅう》で抱き合った。汗と泥だらけのユニフォーム。白石の汗と体温。

（う、あ、あ――）

氾濫《はんらん》する記憶に圧倒され、目の前がチカチカまたたいた。

中学のサッカー部での顔合わせ。あの頃はコイツのほうがでかかった。修学旅行では別のクラスだったのにこっそり合流した。体育祭でのリレー勝負。高校も大学も一緒に受験

して合格発表もふたりで見に行った。大学に入って慣れないテニスでのラリー。昨日見た花火。そして、今。

（俺、白石と、セックスしてる）

身体の奥に白石を受け入れ、繋がっている。どくんどくんと俺の中で脈打つ白石のペニス。それを信じられないくらいリアルに感じ、俺は声を迸らせた。

「ああああ」

宙に浮く身体。頭の中が真っ白になる。脊髄《せきずい》をいかずちに貫かれ、歯の根が合わずカチカチ鳴った。

何が起きたのかよくわからなかった。腰骨の奥が煮えたぎり、爆発した。そんなことを本気で思う。手足がバラバラにならないよう、ぎゅっと白石にしがみついた。俺の最奥はペニスを口いっぱい頬ばって、咀嚼《そしゃく》するみたいにまとわりついている。

「は、ん、あっあ」

薄皮をぺろりと捲られたみたいに、肌の表面が過敏になっている。俺は何度も深呼吸した。頭にかかっていた霞が、すこしずつ晴れてくる。

（あ、俺……）

自分が絶頂を迎えたんだと、今さらのように気がついた。でも陰茎には充分芯が残っていて、射精した気配もない。どういうことなんだ、どうして。

なにがなんだかわからないけど、絶頂を迎えたのは真実だった。それも普通に精液を吐き出すよりもっとずっと気持ちよかった。そればかりか、さざ波のような快感が今もずっと止まらない。

（もしかして中でイッたとか。女の子みたいに？）

思い到って、じわじわと羞恥心がこみあげてくる。俺は男で、しかもゲイじゃないのに、アナルセックスに嵌りすぎだって。

（薬のせい……これは全部薬のせいだ……）

きっと俺じゃなくたって、皆こうなってしまうに違いない。そう開き直ろうとしても、ペニスに触らず絶頂を迎えたという事実は容赦なく俺を打ちのめした。

（も、帰りたい）

俺がぐるぐる考えていると、白石の声が降ってくる。

「おい、葉月。おまえ本当に平気か？」

「ああ？　何がだよ別に平気だけど？」

白石にだけは俺が尻で達ったことを知られたくない。だから平静を装って答えた筈が、めちゃくちゃ早口になってしまった。挽回《ばんかい》したいのに焦りでますます舌がもつれる。

「いや、なんかおまえイってるみたいだったから」

「バッ……！」

「ば……?」

「バカ言うな。俺のどこがイッてるんだよ。ザーメンも出さずにイクわけねーだろ。ちょっとは脳みそ使って考えろ」

「ふうん?」

俺のことばに白石がものすごく疑り深い眼で見てくる。そのあいだも、後ろには太いものが挟まっているわけで、俺にそのつもりはないのにヒクヒクして締めつけてしまう。

(ああもう、なんでこんなにでかいんだよぉ)

ふうふうと息を整えて、なんとか取り繕おうと必死だった。

「そうだおまえ、生で入れやがって。ゴムくらいつけろよ、マナーだろ」

「あー……悪い」

白石は案外素直に謝ってきた。かなり苦し紛れだったけどナイス俺。ここぞとばかりに畳み掛ける。

「とにかく、一回抜いてくれ」

このままじゃ本当にマズいんだ。一回抜いてちょっと落ち着けば、達ったばっかりで全身が超過敏になっていることに気づかれずにすむ。

そうだな、と声がしてホッとする。自然と身体から力を抜いた刹那、ガツっと目の前に火花が散った。

肌と肌がぶつかる音。白石が激しく腰を打ちつけてくる。偶然なのか必然なのか前立腺を抉られて声も出せずにのたうちまわる。

「ごめん葉月、中には出さないからこのまま……おまえがグニグニ動くから余裕ないんだ」

いいわけないだろ、と反論したいのに、切羽詰《せっぱつ》まった様子で白石が出し入れを激しくする。

「ひ、ぃ、ああっ……！」

パン生地をこねるみたいに穿《うが》たれて、息ができない。ペニスを出し入れされるその一回ごとに、射精しているのと同じくらいの絶頂が訪れる。

「アッ、ああ、アア」

尻が蕩ける。脳みそが爛れてゆく。こんなの狡い。勝てるわけない。

「も、やあ」

気持ち悪い、甘ったれた声だ。こんなの絶対に俺じゃない。白石の進撃がようやく止まる。俺はちいさくしゃくりあげた。

「もぉ、やめ……イッてる、からぁ」

帰りたいというより、もはやこの世から消え去りたい。

俺と白石は友達だ。親友だ。今までだってそれなりに恥をさらし合ってきた。でもこれは駄目でしょ。友達でも、俺自身の尊厳的にもうこれ完璧にアウトだよね？

気がつけば、こどもみたいに泣きじゃくっているし、もおおおお。

俺を責める男から逃げ出したいのに、指先にさえ力が全然入らない。押し退けようとしてるのに、白石の胸にしがみつくみたいな格好になる。

「……ねがっ、……も、ゆるし、て」

俺と白石はいつだって対等な関係だった。同い年で男同士、ライバルとしてどこかでせめぎ合うような気持ちが確かにある。その男としてのプライドを捨てて、相手に初めて懇願する。

「葉月……」

白石が頷いたように見えた。助かった、とほっとしたのも束の間、さっきよりもさらに激しく穿たれ目尻の涙が飛び散った。

「あ、やっ、どうし、てえ……！」

息も絶え絶えに抗議すると、本当に申し訳なさそうに白石が言った。

「悪い、無理だ」

「あ、ひぁ、アアア！」

「止まらない、葉月ごめん……ごめん！」

瞼の上、額、頬。唇だけは器用に避けて顔中にキスの雨が降り注ぐ。額と額を重ねたまま、そっと耳朶《じだ》をくすぐられた。

（線引きのつもりか。今さらキスのひとつやふたつくらいで文句なんか言わないっての。気ィ使うのそこじゃないだろ。このバカっ）

　俺のこと好きなくせに、変なトコで変な我慢しやがって。でも今、こっちからキスしてもいいなんて言いだしたら、まるで俺がコイツとキスしたいみたいだ。だから言えないし、言わない。

　乾いた指で撫でられて、唇がわなないた。おまえがしたいなら、キスしてもいい。そう思うのに、俺の口は喘ぐのに忙しくてまともなことばなんか喋れそうもない。腹立ち紛れにそのまま指へ噛み付くと、白石はぎゅっと切な気に眉を寄せた。それを見て、つられたのか俺の胸までぎゅっとする。

　パチパチと肌が肌を打つ音とともに、ぐちゃと何かが潰れたみたいな重たい水音。眼前がすべて白く染まる。

　のぼりつめたと思ったそばから、さらに高みへと追い上げられる。冗談じゃなくこのまま死ぬかもと本気で思った。

「アア！　アアアア！」

「葉月、葉月、葉月……！」

　突き飛ばされるようにして滑落する。意思も肉体も消滅し、ただ快感を受容するだけの器官に成り下がる。白石が何度も俺を呼ぶ。それさえやがて遠のいた。のしかかってくる相手の体重を支え切れず、潰され俺はぺしゃんこになる。ふと胎内に灼熱の飛沫《しぶき》を感じたが、錯覚かもしれなかった。

微かに囁く声が聞こえたが、意味はもう届かない。

(―――――)

何度目かの大きな絶頂に襲われて、俺は意識を失った。

浮上する意識。混乱。何が起きたのか一瞬本気でわからなかった。

跳ね起きようとして、シートベルトに阻まれる。隣で運転していた白石が「おお、起きたのか」とのんびりと声をかけてきた。

目が覚めると走行中の車の中だった。

「あ、俺……」

「気絶したんだ、おまえ。ホテルのチェックアウトに間に合わないから、適当に服着せて俺が運んだ。どっか具合悪いところないか?」

「いや……大丈夫」

言われて気がついたが、尻の穴がヒリヒリして身体がものすごーく怠い以外はなんともなさそうだ。俺のことばに白石は「よかった」と安心したように呟いた。

そのまま車内に沈黙が落ちる。俺はさりげなく車窓から流れる景色を眺めた。見知らぬ街のドライブも悪くはない。

（うわあああああああああああああああああ）

実は内心大パニックだ。友達とセックスしてしまった。しかもよりにもよって、白石と。それだけじゃない。ものすごい痴態をさらしてしまった。初めてだったのに、尻を犯されてイキ過ぎた挙げ句、最後は気絶までした。

（しかも俺、超恥ずかしいこと言いまくった……あああああああああああ）

そもそも挿入を強請ったのは俺のほうだ。薬のせいだとしても、俺の責任でしかない。バレないよう白石の横顔を盗み見る。一見、普通の顔をしているが、その表情はどことなく強ばっているような気がしないでもなかった。

コイツは俺に惚れている。実際にセックスしてみてその確信はより完璧なものとなった。

（また犯らせろとか迫られたら、どうしよう）

そんなことを考えて、尻の穴がキュンとする。顔が赤くなりそうで俺は必死に気を逸らした。

（駄目だ駄目、絶対に駄目……）

半ば自分自身へ言い聞かせるように思う。

薬のせいかもしれないけど、女の子みたいに中で達ってしまった。あんなのもう一度味わったら絶対に普通のセックスじゃ満足できなくなってしまう。

だって凄かった。この世にあんな気持ちいいことがあるなんて知らなかった。

白石の逞しい肩の筋肉とか、抱きしめられた腕の強さとか、肌の匂いなんかがぶわっと甦《よみがえ》ってくる。へにゃと腰から力が抜けていくのを感じて、俺は愕然とした。

（強引にされたら……拒めないかも……）

助手席でひとり身を縮めていると、ふと白石が口を開いた。

「おい葉月」

「ひゃ、ひゃいっ」

虚《きょ》を衝《つ》かれ声が上擦ってしまう。強ばる俺の顔を見て、白石がぶっと噴き出した。そのまま爆笑する友人を、俺が呆気《あっけ》に取られて眺めていると相手はようやく笑いを噛み殺した。

「悪い悪い、ちょっとな」

「おまえなあ、ひとの顔見て爆笑するってどういうことだ」

俺の顔面のパーツのどこに笑える要素があるのか知りたい。ムッとする俺に、白石が表情を引き締めた。

いきなり改めて何を言い出すつもりなのだろうか。ハッとして身構える俺に白石はきっぱり言い切った。

「全部、忘れてやるから大丈夫だ」

「……白石」

「だからおまえも全部忘れろ、いいな」

信号待ちで車が止まる。無言で頷くと、くしゃりと髪を撫でられた。白石は前を向いたまま、こちらを見ない。

（忘れるっていいのかよ。おまえ俺のことが好きなんだろ）

つけ込むなら今が絶好のチャンスだろうに。俺はホモじゃないからきっと今を逃したら次はない。それをコイツはわかっているんだろうか。

こころが駄目ならせめてカラダだけでもとか――白石は考えもしないのかもしれない。バカがつくくらい真っすぐなヤツだから。

（ばかだなあ……）

ありがとうか、もしくはごめんな、か。そのどちらを口にするか逡巡《しゅんじゅん》しているうちにホテルがすぐそこに見えていた。エントランスに近づくとサークルの皆が既に待っているのが視界に入った。

車寄せに乗り込むと、こちらに気がついた同室の小林がすぐに駆け寄ってきた。

「葉月先輩、もう大丈夫なんですか」

「急に具合が悪くなったって聞いて、皆でめっちゃ心配してたんですよ」

 つい白石へ視線を向けると、ヤツは無言で頷いた。部長か副部長が詳細を伏せてくれたらしい。ありがたく話を合わせることにした。

「もう大丈夫だ」

「先輩たちの荷物、勝手にまとめちゃったんですけど」

「悪いな、助かるよ」

さすが気配りの小林。車から降りて荷物をトランクへ積んでいると、部長と副部長が遅れてやってくるのが見えた。たぶんチェックアウトをしていたんだろう。

白石に肩を叩かれるまでもなく、俺は部長のもとへ足を向けた。

「ご迷惑おかけしてしまって、すみません」

深く頭を下げ、数秒後ゆっくりおもてを起こすと、部長がちょっと涙ぐんでいたので驚いた。

「無事でよかった。あんまりびっくりさせないでよ」

「すみませんでした」

もう一度頭を下げようとしたら、部長がふっと笑って言った。

「あんまり謝るとせっかく誤魔化したのに皆変に思うよ」

「……はい」

行きと同じメンバーで白石の車に乗り込んで、今度は大学じゃなく、適当な駅でそれぞれ降ろした。俺だけ自宅まで送ってもらう。

ふたりきりだと気まずくなるかと思ったが、ウトウトしているうちに自宅へ着いていた。一瞬気絶していたとはいえほぼオールでセックスしてたようなもんだから疲れていて当たり前だ。

それを言えば、そのうえさらに長時間ドライブをしなければいけなかった白石はもっとしんどかっただろう。事故にならなくてよかった。

「疲れてんのに送ってくれてどうもな」

「おう」

車を降りてドアを閉めようとしたところ、運転席からそれを押しとどめられた。

「葉月」

相手の真剣な眼差しに息を飲む。白石は真っすぐ俺を見て言った。

「いいか、もしつらくなったらすぐに言え。俺がいつでもどこでも駆けつけてやるから」

「――ッ」

言ってから白石はちょっとだけ照れたような顔をした。つい、訊いてしまいそうになる。

（なあおまえ、俺のこと、好きか？）

好きだって言われたら、振ってやる。ずっとそう思っていた。それがコイツのためになるって。

でも今はどうなんだろう。

コイツの気持ちを利用して、俺はいったいなにをした？　この男になにをさせた？

犬にくれてやるみたいに身体だけ投げ与えて、コイツの気持ちは無視するのか。

「ありがとう。俺の専属無料タクシーとして利用させて頂こう」

白石は返事をする代わりにこちらに中指を突き立てた。その状態をキープして、白石は車を発進させる。すぐに車は角を曲がって見えなくなった。

ひとり通りに取り残されて、しばらく俺はぼうっとその場に突っ立っていた。

お隣の奥さんと出くわして、にこやかに挨拶される。呪縛《じゅばく》から解かれたように俺はようやく自宅へ向かった。

洗い物を洗濯機の中へ突っ込んで、母親にホテルで買ったクッキーを渡し自室へ戻る。

ベッドへ飛び込むと、そのまま吸い込まれそうになった。

着信音がしてスマホを見る。優希奈ちゃんから新着メッセージが届いていた。開いてみるとそこには俺への気遣いのことばが色々書いてあった。

彼女ともう会うことはないだろうな、とふと思う。会えばどうしたってあの男たちのことを思い出すだろうし、そもそも互いの地元が離れている。

ＩＤを削除しようかと迷った末、ひとこと大丈夫、とだけ返しておいた。既読マークを確認することなくスマホの電源を落とす。

ふと寝返りを打った瞬間、白石の匂いが鼻腔《びこう》を過った。どうやら身体に染み付いてしまったらしい。

フラッシュバックのように行為が鮮やかに甦り、ベッドのうえに跳ね起きた。

（わあああああああああ）

ふたりぶんの荒々しい息づかいとベッドのスプリングが軋《きし》む音。俺を抱きしめる強い力、抜き差しする熱。肌に触れる指や、キスの感触。すべてがあまりにも生々しかった。

（なんだよ、もう……！）

意味もなく枕を殴り、虚《むな》しくなって手を止める。ぽんぽんとへこんだ形を整えて、今度はぎゅっと抱きしめた。

全部忘れると白石は言った。だから、おまえも全部忘れろと。

（うるせーよ。ばーか）

アイツに言われるまでもなかった。すぐに全部忘れてやる。

6

嵐の合宿からはや一ヶ月。当然のように後期授業がスタートした。九月もとっくに半ばを過ぎたってのにうんざりするほどまだ暑い。

いろいろあったけどなんだかんだ夏期休暇は楽しかった。そんな輝かしい記憶が真新しくアンニュイな日々。ファッションは秋物へと移行しつつあり、薄着の女子がガクッと減ったのがまた物悲しい。

「おはようございまーす」

サークル室に入った途端、なにやらあたりがざわざわした。が、特に気にせず一年の小林にちょっかいをかける。

白石の姿はまだ見えない。

なんとなく背後に気配を感じて振り向くと、最近入ったばかりの新人がふたり佇んでいた。ひとりはショートカットでもうひとりはセミロング。どちらの子もまあまあ可愛い。

「葉月君、今度の日曜サークル休みでしょ。一緒に買い物行かない？　私アウトレット行ってみたくて」

「買い物もいいけど、映画はどうかな？　このまえ葉月君が見たいって言ってた映画、たまたま前売りが手に入って良かったらどうかなって……」

俺が返事をするまえに、ふたりは揉めだした。

「ちょっと、ひとが話しかけてるのに割り込んでこないでくれる？」

「そっちこそ、私が前売り持ってるって言った途端葉月君のこと誘うなんて、喧嘩売ってるよね？」

「わー待って待って……！」

さりげなくその場から逃げようとする小林にアームロックをかけてやる。ぐえ、とかいう後輩の無様《ぶざま》な声を聞きながら、火花を散らす女子たちのあいだへ割り入った。

「じゃあさ、俺とコイツと君たちふたりで、まず映画を見てから残った時間でショッピングってのはどうかな？」

我ながらいいアイディアだと思う。だが申し訳なさそうに小林が口を挟んできた。

「あ、すみません。次の休みは彼女とデートへ行くんで無理です」

小林のくせに生意気《なまいき》な。という思いが女の子ふたりの表情にありありと現れている。

「あの……俺なんかじゃなく、白石先輩にでも頼んでみたらどうでしょうか」

白石の名前を出した途端、女の子たちの顔が明るくなった。小林よりは、そりゃアイツのほうがまだマシってのはよくわかる。でも今の俺にはあまり聞きたくない名前だ。

そんなこと知るよしもない小林はふいに声を張り上げた。

「今ちょうど来たみたいですよ。白石せんぱーい！」

「ちょ、待っ……！」

制止する暇もなかった。小林の声に反応し、白石がこちらへ向かってくる。反射的に俺は視線を床へ落とした。

ううう、気まずいなんてもんじゃない。あの日以来、なんとなく距離がある俺たちだ。男同士でセックスしちゃったんだから当たり前と言えば当たり前か。

合宿後はサークルで一度顔を合わせたきり、約二週間ぶりに俺は「おう」とぎこちなく挨拶をした。

白石は俺を一瞥し、小林へ直接話しかけた。

「どうした、何か用か」

「えと……白石さん、今週末なんですけど、もう予定とか立てちゃってますか？」

「いや特にこれといって……」

言いかけて、白石はハッとした様子で俺へ向き直った。

「おい、また面倒くさいことに付き合わせるつもりじゃねーだろうな」

面倒くさいこと、という白石のことばに、ニコニコ笑っていた女の子たちが同時に顔を引き攣らせる。フォローするつもりで俺は言った。

「違う違う、ぜんっぜん面倒くさくないから！　この子たちと映画行ってショッピング行って、ついでにお茶とかしないかなって」

「おまえなあ……」

白石が口を開きかけたところで、ぽん、と背後から肩を叩かれる。突然のことにドキっとして背後を振り向くとそこには満面の笑みをたたえた一宮部長が佇んでいた。

「あ、部長……おはようござ」

「おはよう。葉月君、白石君、ちょっと話があるんだけど……いいかな？」

有無を言わさぬ迫力だ。俺と白石は笑顔の部長に引き立てられるようにして、サークルの予備室へと連れ込まれた。

部屋の隅にはくたびれた寝具が畳まれていて、仮眠室になっている。まあ仮眠室というか、サークル棟にはシャワーもあるから泊まってゆくヤツもいたりする。簡易宿泊施設といってもよかった。

部長の背中からピリピリしたオーラが漂っていて、正直ちょっと怖かった。彼女の怒りの理由にうっすらと心当たりがあるからなおさらに。

俺たちを部屋の中央へ追いやって、部長は扉をぴしゃりと閉めた。無駄な前置きを省き部長はストレートに訊ねてきた。

「このまえ入部したばかりの一年生が三人まとめて退部届けを持ってきたんだけど、どういうことなのか説明してもらえるかな葉月君」

「えええっ、マジですかあ。初耳ですー。いったいどうしてなんでしょうね？」

うふふ、と俺は小首を傾げてみせた。精一杯カワイ子ぶってみたものの、一宮部長はにべもない。

「この三人と日替わりでデートした挙げ句、最後はまとめて相手したって聞いたけど」

「あっ、えっと……それはですね……ちょっとした不幸な行き違いというか誤解と言うか、俺はふたりきりで遊ぼうって言ったつもりはなかったんですけど……っていうかデートって大袈裟ですよ。ちょっと一緒にお茶しただけというか」

「不幸なのは三股かけられた彼女たちのほうでしょ」

俺の言い訳を部長が鋭く遮った。

「待ってください、三股なんてあんまりです！　第一俺は好きだとか付き合ってくれだとか、ひとことも言った覚えは――」

「六人よ」

「はい？」

「今月だけで六人退部届けを受け取ったの。それも全員女子ばかり、あなたと〝お茶をしただけ〟の子たちよ。そのうち四人はお試し期間中だったからまだしも……残りのふたりは古参と言っても差し支えのないメンバーだった」

もうなにを言ってもやぶ蛇になりそうで、俺はじっと俯いた。

「ねえ、君のことは一年のときから見てたから敢えて言わせてもらうけど、最近ちょっと度がすぎるんじゃないの」

歯に衣《きぬ》を着せぬストレートな言いかたに、乾いた笑いしか出ない。

「今までも多少軽薄ではあったけど、ここまでじゃなかったもの。本当は自覚あるよね？　たとえなにか事情があったとしたって、君の問題に他人を巻き込むのはよくないんじゃないの」

部長の正論に、俺はぐうの音も出なかった。

俺が女の子と遊びまくるようになったのは、合宿から戻ってきてからだ。気づいている筈なのにそこを指摘しなかったのは、部長の気遣いなんだろうか。

拉致された先で俺が男たちに何をされたのか全部見透かされているみたいで、今すぐこの場から逃げたくなった。

冷静に考えれば、そんなの部長が知っているわけがない。男が男に襲われました――それも性的な意味で、なんて普通は想像しないだろう。

震えそうになる指をぎゅっと握って誤魔化しても、足下がなんだかスカスカして頼りない。白石がそんな俺をどんな眼で見ているのか、怖くてとても確かめられなかった。たぶん今、俺史上最低に格好悪い。

薬を盛られたとはいえ、男に抱かれた。それも一番の親友にだ。お互い忘れるとは言ったけど、そんな簡単に忘れられたら苦労はない。

（だから――）

俺はただ、女の子たちと仲良く遊びたかっただけなんだ。

一緒にお茶をしたりウィンドーショッピングをしたり、皆で楽しくお話をして癒されたかった。でもそれが女の子たちからしてみれば、誤解を招くような、思わせぶりな態度になってしまったのかもしれない。

なにがたちが悪いって、この事実を部長に言われて初めて気がついたってことだ。ああ、なんてことだろう。俺は両手で顔を覆った。

（俺はイケメン失格だ）

真のイケメンとは全女子に愛と夢と希望を与えられる存在でなければならない。

それなのにそれなのに俺ときたら、無意識とはいえ女の子たちを傷つけてしまった。

これじゃあ、そのへんの顔がいいだけのなんちゃってイケメンをもうバカにできないではないか。

ショックのあまり、今にも崩れ落ちそうだ。悄然《しょうぜん》と項垂《うなだ》れる俺を見かねてか、白石が「部長」と口を差し挟んだ。

「コイツも反省してるみたいですし、今日のところは俺に免じて許して頂けませんか」

「白石君」

ほらおまえも頭を下げろ、と俺の背中をどつく白石は親友を通り越して完全にオカンだった。白石にならい、俺も慌てて頭を下げる。

「どうか、退部だけは勘弁してやってもらえないでしょうか。コイツのことは今後俺が厳しく見張るんで――」

「そうね」

退部だなんてちょっと大袈裟すぎないか。ぎょっとして思わずおもてを上げる。そんな俺の内面を読み取ったかのように部長がじろりとこちらを睨んできた。慌ててふたたび頭を下げる。

「白石君がそこまで言うのならこうしましょう。あなたたちふたりにはこれから一ヶ月間恋人同士になって貰うの」

しーんとあたりが静まり返る。隣の白石を窺うと、きょとんとした表情でヤツもまた俺を見ていた。

「は？　え？　恋人同士ってなんですかそれ。ちょっと意味がわからないんですけど」

もはや頭を下げるどころじゃなくてふたりして部長に詰め寄った。部長はニコニコ笑っている。

「だから白石君と葉月君、君たちふたりで恋人のフリをしなさいって言ってるの」

語尾にハートマークが見えそうな勢いだ。俺は若干《じゃっかん》仰け反りながら反論した。

「あの、俺も白石も男なんですがっ」

「うんそうだね。知ってる」

「知ってるって……。待ってください、どういうことなのか説明してください部長」

珍しく白石も焦っているようだった。当然と言えば当然か。

「どういうことかというとね、白石君。葉月君がフラフラするせいで、女子が浮き足立っちゃうんだから、彼に特定の相手を作ればいいって話なの。でも、サークル内では男女交際絶対禁止。かといってサークル外の女子に迷惑をかけるなんて言語道断でしょう。という理由から、あなたにはなんの非もないけれど、協力して貰おうかなって。所謂連帯責任ね。もしくは葉月君が今すぐ本当の彼女を作るっていうならそれでもいいんだけど」

白石が両目を見開く隣で、俺は無理矢理笑い声を上げた。こんなの冗談として受け流す以外にない。

「やっ、だなあ部長。冗談キツいっすよー。俺、ちゃんと反省したんでそろそろこのへんで許して貰えませんか?」

しかし部長は口もとに笑みを貼り付けたまま、凍りつくような眼差しで言った。

「大人しく身を固めるか、揉め事を起こした責任を取って潔くサークルを辞めるか、一ヶ月だけふたりが恋人同士のフリをするか。君に任せるよ、どうするの？」

この俺が本気で彼女を作ろうと思えば、今すぐにだって作れるだろう。ただこんな流されるみたいに彼女を作るってどうなんだろう。誰かと付き合ったはいいが、また地雷化されたらトラウマになる。

かといって、事情を話して彼女のフリをしてくれるような女の子の友達なんか俺にはいない。それに、いくらフリとはいえ俺の彼女になったりしたら、相手の子が豹変する可能性は皆無じゃない気もする。だって今までの子だって付き合う前は普通の子だった筈なのに、俺の彼女になった途端病的な束縛魔になったわけだし。

親友へ助けを求めようとしたら、ヤツは両手で頭を抱えていた。その気持ち、よくわかりすぎる。

「うう、白石ぃ……」

「俺を呼ぶな、こっちを見るな」

「そんなこと言わないで助けてくれよ。俺とおまえの仲じゃんか」

「俺とおまえの仲、ね」

白石が俺の眼を見つめ、含みを持たせるように呟いた。俺と白石の仲。つまり不可抗力とはいえ、ラブホでエッチしちゃうような仲だ。

（おまえ、エロすぎ）

唐突にあのときラブホで囁かれたことばが甦り、思わず俺は狼狽えた。それを振り払うように慌てて口を開く。

「とにかくこんなの横暴です。だいたい俺と白石が付き合うって言ったところでそんなの誰も信じませんよ」

「そう思うなら、皆に信じて貰えるように真剣に演技してね。君だって恋人がいたほうが女の子からのお誘いを断るのにもいい口実になるでしょう?」

「いや……本当に無理ですって」

「そう? 無理ならウチを辞めて貰うしかないかな」

ばっさりと俺の泣き言を切り捨てて、部長は白石へ視線を向けた。

「このペナルティは葉月君へのものだから、白石君は完全にとばっちりでごめんね。もしふたりでどこかへ移るっていうのなら止めないよ」

はい辞めます——と、あっさり言えないのがつらいところだ。

確かに部長は横暴でおっかないところもある。が、もともとサークル規約を破ってしまった俺が悪い。たとえこっちにその気がなかったとしても、相手に誤解を与えるような言動をしたことは事実だし。

それに俺は、この緩いサークルが好きだった。

サークルによっては飲み会強制参加だったり、運動系はそのうえ下級生が奴隷扱いだったりする。かといって文科系サークルは俺の性に合わないし、なにより最近テニスの面白さがようやくわかってきたところだ。できることなら、辞めたくない。

まあ、俺と白石が付き合ってると宣言したところで、いったいどれだけの人間が本気で信じるのかという話もある。せいぜいくだらない冗談だと思われて終わりだろう。そんな小狡い計算もあった。

「白石、あの」

咄嗟に友人のTシャツを掴んでいた。ツンツンと引っ張ると、気づいた白石が俺を見る。

「俺と恋人になって欲しいなー、なんて……」

白石は嘆くように天を仰ぎ、たっぷり十秒後わかったよ、と承諾してくれた。

なんとも言い難い空気の中、パチパチと部長だけが拍手をした。ふふふっと微笑ましそうに俺と白石を見比べる。

「ふたりの素敵な友情に乾杯だね」

「乾杯はいいんですけど、これって他の皆には……」

「勿論内緒に決まってるでしょ」

そりゃそうですよねー。せめて、と思って俺は訊いてみた。

「あの副部長くらいには、説明しといたほうが」

「太田君？　彼、絶対に態度に現われちゃうから言ったら駄目だよ」

「……了解っす」

淀んだ俺の気持ちを慰めるように、白石がぽんと肩を叩いてくれた。よく考えたら俺の巻き添えをくったコイツこそ真の災難だ。

「白石、あの、迷惑かけてごめんなさい」

「……いい加減、もう慣れた」

どこか達観した風の表情がかえって俺を居たたまれなくさせる。すごすごとふたりして部屋を出ようとした瞬間、部長の声が俺たちにとどめを刺した。

「あ、この部屋を出た瞬間から、君たちは恋人同士だから」

「……」

扉を開けようとした手が止まる。肩越しに部長を振り向くと、にこやかな笑顔の部長から「頑張って」と生ぬるい応援を頂いてしまった。

溜息を吐いて白石が俺の横から扉を開ける。そのまま押し出されるようにして、俺は廊下に躍り出た。

悄然と項垂れる俺を見て、白石が笑いもせずに告げる。

「よろしくな、彼氏」

「ふざけんな誰が彼氏だよ。……こちらこそどうぞよろしくお願いします」

男同士で恋人の真似なんて、普通だったら笑い話だ。でもコイツと俺に限っては洒落にならない。そもそも白石が俺に惚れているのは揺るぎない事実だ。

（あの時だって……）

もうやだって泣いたのに、許されずに追い込まれた。薬のせいもあったけど、逃げようとしても組み伏せられて駄目だった。

（付き合うフリとか言って、またエッチするつもりだったり……？）

勿論断固として拒むつもりだ。でも「俺とセックスしたこと皆に知られてもいいのか？」とかなんとか脅されて、無理矢理迫られることだってあるかもしれない。

そこまで考えて我に返る。コイツはそういうキャラじゃない。むしろ脅迫とか一番嫌がりそうだ。

そう、白石だったらもっとストレートにくる筈だ。

（恋人同士になったんだし、もう一回やらせろよ）

ベッドのうえでぐっと肩を抱かれたりしちゃって。やだもう恥ずかしい、とか俺のほうがキャラ崩壊起こしていると、気がつけばサークル室のまえだった。

「おい、入るぞ」

白石が扉のまえで言わずもがなのことを告げる。

「やだよー。気が重いよー」

「誰のせいだと思ってんだコラ」

「ハイ俺のせいですね。すみませんでした」

意を決し扉を開く。皆の視線が一斉にこちらへ集中した。部長に呼び出しをくらって、皆ちょっとは気になっていたんだろう。

ヤケクソ気味に俺は言った。

「今、部長の許可を貰ったから皆に報告しとくね。俺、コイツと付き合うことになったから」

俺のことばに皆はきょとんとしたあと、一斉に笑い出した。俺の隣で白石が遠い眼をしている。

（まあそうですよね。その反応ですよね）

それにしても、どうしたもんかな。冗談だって流されても恋人だと言い張ってればいいんだろうか。それって部長が意図した効果あるの。

「あの、皆これはマジで……」

小林が腹を抱えながら拍手をする。

「先輩、俺マジで応援します！」

三年生の先輩がわざとしかつめらしい顔をして「いや実は前からおまえたちがあやしいと思っていた」とかなんとか言い出して皆の笑いをさらに誘う。

いい加減収集がつかなくなったところで、部長が部屋に入ってきた。でも皆、俺たちに夢中で気づいていない。

部長からもなにか言って貰おうと思った瞬間。唇にフニュと生あたたかい感触を覚えた。

（え……え……ええ⁉）

白石とゼロ距離で眼が合った。俺、唇と唇でキスしてる。誰と？　白石と。

いつのまにか室内がシンと静まり返っていた。茫然自失から正気に戻った俺が慌てて身体をひっぺがすと、白石はニヤリと笑ってみせた。

（こここの野郎……ッ）

飲み会で男同士ふざけてキスをさせられる場合がある。でも俺と白石は幸運にもそんな機会には出くわさなかった。そのかわりたった今素面《しらふ》でそれをやってのけたけど。

ハシっと唇を片手で覆い、俺は白石を睨みつけた。顔が赤くなるのが自分でわかる。

（いくらなんでもやりすぎだろおおおおお）

白石がふたたび顔を寄せてくる。ぎょっとした刹那「迷惑料だ」と俺にだけ聞こえる声で囁かれた。傍目《はため》にはイチャついているようにしか見えなかった筈だ。太田副部長が俺たちから目を逸らすのが見えた。

「皆、聞いて頂戴。今ふたりから説明があったと思うけど、白石君と葉月君はお付き合いすることになりました。うちのサークルは不純異性交遊禁止だけど彼らは同性なので特別に許可しました。それぞれ思うところはあるかもしれないけど、せめて私たちは彼らのことをあたたかく見守ってあげましょう」

ニコリともせず部長が告げると、皆の顔色があからさまに変わった。サークル内のけっこうな人間たちが俺たちの交際宣言を真実だと思っただろう。

さっき俺を誘ってきた女の子ふたりがヒソヒソと囁き合っているのが眼に入る。その横で一番可愛い吉原はわずかに小首を傾げていた。

「皆、ふたりの勇気あるカミングアウトに拍手！」

部長が綺麗にまとめてくれる。はじめちいさかった拍手が次第に大きくなってゆく。止めてくれ、と俺は叫びたいのを必死に堪えた。

感動したのか、涙ぐんでいる女の子までいる。

げんなりする俺の横で、同じようにげんなりしていた白石が、視線に気がついたのかふいにこちらを見た。思わせぶりなアイコンタクトしてんじゃねーよ。という思いを込めて睨みつけていると、「わあ見つめ合ってる、本当にラブラブなんだねー」という女子の明るい声が聞こえてきた。

再起不能になった俺の肩を、白石が無造作に抱き寄せる。もうどうにでもなーれ、という気持ちのまま俺はヤケクソで頬擦りしてやった。

Navy
SF-NY

翌日。学食でかけそばを注文すると、何故かおまけでコーンクリームコロッケ(八十円)をつけてもらった。食堂のおばちゃんから「頑張んなよ」というひと言とさらにウインクまで一緒だった。

空いてる席に腰を降ろすと、見知らぬ生徒からこれどうぞとA定食のデザートを頂いた。今日のA定は杏仁豆腐《あんにんどうふ》か。その他にも通りすがりの人にほうれん草の白和《しらあ》えを貰ったり、B定のひじきを頂戴した。

ふと視線を巡らせると、同じテーブルの一番端に白石が座っているのが見える。ヤツの前も同じように沢山の小鉢が寄付されていた。

向こうも俺に気がついたらしく、指でこっちへ来いと合図してきやがった。おまえが来い、と思いながらも白石の正面へ移動する。

「今日はずいぶん豪華だな」

皮肉のつもりで告げたことばは「おまえのほうが豪華だろ」と反撃にあってしまった。

ふと一年の頃ゼミで一緒だった、名前を思い出せないほにゃらら君がやってきた。

「おめでとう」

そんなことばとともにペットボトルのお茶を差し出される。思わず礼を言って受け取ると彼は満足そうに立ち去った。

「……」

お互い無言のまま、既にのびかけのそばにハシを伸ばす。学食でよくつるむ同じ二年の仲間たちが爆笑しながら現われた。

「おっ、話題の熱愛カップルはっけーん」

「熱愛カップルって、おまえは芸能リポーターか」

「これなんのパーティー？　テーブルのうえ凄いことになってんね」

仲間のひとりが写メ撮らせてとのたまったので、俺と白石の真ん中に挟みぎゅっと頬をくっつけてやった。

しばらく皆でぎゃあぎゃあ喚いていたが、仲間のひとりがふと「で、おまえらガチで付き合ってるわけ？」と声を潜めて訊ねてきた。

「想像にお任せします」

俺のことばに相手はニヤっと笑ってみせた。それ以上特に突っ込まれることもなく、皆で分け合って小鉢とデザートをやっつける。途中何度か増えたりしたが無事完食した。

ほにゃらら君に貰ったお茶を飲んでまったりしていると、ふいに白石が封筒をこちらへ寄越してきた。

「なに、これ」

なんの変哲もない白い封筒を摘まみ上げる。中開けてみ、と言われてその通りにした。

「ん？　チケットか」

チケットに記載されている日付は明後日《あさって》。ずいぶん急だなと思いつつ、アーティスト名を見て息を飲んだ。俺が好きな外国のバンドだ。合宿へ行く時も白石と車の中で盛り上がったのを思い出す。

このライブだってチケット争奪戦に参加したものの開始数分で惨敗したヤツだ。その夢にまで見たプラチナチケットが我が手もとに。

「おま、これ、えええ、マジで⁉」

ずず、と学食で提供されているうすーいお茶を啜りながら白石は言った。

「兄貴が取ったチケットなんだけど、急に出張入ったからって貰ったんだ。おまえ金曜日用事は？」

「ないないないない！　あっても余裕でキャンセルするけど……うわ、え、本当に、いいの？」

「いいから持ってきてんだろ」

チケットを持つ指が冗談じゃなく震える。

がた、と席から立ち上がり、白石に抱きついた。

「白石！　ありがとう！　愛してる！」

「おい……」

やたら冷静な白石の声。抱きつくのも大袈裟な台詞も中学の頃からよくやっていたことだ。今さら照れてるんだろうか。そんな呑気なことを考えていると、あたりからぱちぱちと控えめな拍手が聞こえてきた。

あれ、と顔を起こした瞬間、学食中に割れんばかりの大きな拍手が鳴り響く。中には食事を中断しスタンディングオベーションしているヤツまでいる。

「おまえな……まあいいけど……」

白石のぼやきで、ようやく自分がなにを口走ったのか気がついた。俺に抱きつかれて本当は嬉しいくせに皆のまえだからって仏頂面《ぶっちょうづら》しやがって。もっと素直に喜びやがれ。

それはともかくだ。

自分のタイミングの悪さに泣きたくなる。仲間たちも生ぬるい眼差しで忿そうに拍手に加わっていた。

「あはは、どうもどうも」

引き攣った愛想笑いで皆に手を振りつつ頭を両手で抱えたかった。もう、俺のバカ。

待ちに待った金曜日。楽しみすぎて昨日の夜はよく眠れなかった。こんなのいったいいつ以来だろう。白石とは最後のコマが一緒だったから、そのへんで適当に食事をしてライブ会場へと向かうことにした。

大学の近くに新しくカフェがオープンしたとかで、取り敢えず行ってみることにする。店に入るとそこそこ混んでいて、席はほぼ満席に近かった。店内を見回すと女の子が圧倒的に多く、他もカップルばかりだ。すぐに案内されたが男ふたりはちょっとだけ目立った。

「ハヤシライスと本日のおすすめパスタ、どっちもセットで。あとウーロン茶」

「俺は、サーモンとアボカドのクリームチーズサンド。デザートセットで」

「かしこまりました」

注文を取りに来てくれた店員さんに笑顔を振りまくと、素敵な笑顔をお返しされた。ショートカットがよく似合っていて、とっても可愛い。白石が呆れ顔で溜息を吐いた。

「おまえもよくやるよ、マジで」

「えー。可愛い子を見ていると自然と笑顔になるじゃん。それよりおまえ、これからライブなのに食い過ぎじゃね？」

「こういうとこの飯って食った気しねえ」

「おまえのような野郎は牛丼屋で良かったな」

料理を待っているあいだも、何組か客が入ってくる。そのうちの一組がうちの大学の生徒たちだった。なんとなく顔を見たことがあるので知っている。カップルなのか男ふたり女ふたりの四人連れだ。別に見るともなく眺めていると、そのうちのひとりが何故かこちらへ近寄ってきた。なんとなくニヤついた顔がムカつくな、と思っていると、連れの女の子が止めなよ、と必死に引き止める。それを振り切って男が俺たちのすぐそばに立った。

「見ろよ今話題のふたりだぜ。なにこれ、デートの真っ最中なの？　これからラブホとか行っちゃうわけ」

白石の額にピキと青筋が浮かびあがる。俺は自分史上とびきりの笑顔を作ってやった。

「そこ立ってると、店員さんの邪魔だからどいてくれる？」

男は自分の背後を振り向いて、舌打ちとともに脇にずれた。料理を運んできてくれた店員さんが、ほっとした顔で俺に礼をする。ショートカットの彼女にひらひらと手を振ってあげると、その頬がすこし赤くなった。

（うーん、やっぱり可愛いなあ）

男が何故か憎々しげな顔でそれを見送ると、改めて俺たちに向き直った。唇の端を歪め、吐き捨てるように告げる。

「で。お宅らどっちが女役なんだよ。ホモってケツの穴にチンコ突っ込むんだろ」

食い物屋でなんて下品な野郎だ。俺が口を開くよりさきに白石が押し殺した声で男へ告げた。

「俺だが、なんか文句あるか」

人を二、三人殺っていてもおかしくない凶悪な人相だ。絶句する男に向かって白石はおい、とドスの効きまくった声で言った。

「おまえ男のケツに興味あんのか」

犯される、とでも思ったのか男は飛び上がるようにして、仲間たちのもとへ逃げ帰る。連れの連中はこちらに向かって頭を下げてくれた。皆男に対しうんざりした様子を隠さない。バカのお守りも大変そうだ。

何事もなかったように白石がガツガツとハヤシライスをかっこんでいる。俺も自分のサンドイッチへ手を伸ばした。

「今のおまえ、ちょっと格好良かった」

そのまま真顔を保とうとしたが、結局ちいさく噴き出してしまう。白石はそれには答えず、相変わらず料理にがっついていた。その耳が赤く染まっているのを見て、なんとなく胸がほんわかする。

食事を終え、ライブハウスに着く頃にはからまれたことなんか綺麗さっぱり忘れていた。夢中で叫んで夢中で踊った。手が痛くなるまでアンコールをして、ライブが終わる頃には魂が抜けたみたいになっていた。

夢の会場から外へ踏み出す。と、ちょうど小雨がパラパラ降ってきたところだった。駅まで足早に向かい、電車に乗る。

「家に着くまでに止むといいな」

「まあ、多少降ってもあとは帰るだけだしなんとかなるだろ」

そんなことを言いながら電車を乗り換え、自宅の最寄《もよ》り駅へと向かう。到着し外へ出てみると生憎なことに雨は本降りになっていた。駅から俺の家まで歩いて十分、白石の家までは二十分くらいだ。

「どうする、コンビニで傘買うか？」

白石の問いにぼやき混じりに答えた。

「俺ん家ビニ傘十本近くあるんだけど」

結局傘は買わず濡れて帰ることにした。しかし秋口といえども夜の雨はそれなりに冷たい。友人を濡れたまま歩かせるのがしのびなく、途中で俺の家へ寄るように告げた。

そういえば白石が俺の家に来るのはずいぶん久しぶりだ。合宿のときに送り迎えをして貰ったが、家の中には入っていない。

「ただいま。雨に濡れたから白石連れてきた」

俺が告げるなり、母親がソファから跳ね起きて玄関へ向かった。

「まあまあソラちゃん大きくなったわねえ。お父さんとお母さんは変わりない？　ご飯はもう食べたの？」

「ご無沙汰してます」

「やだもう、しばらく見ないうちにすっかりいい男になっちゃって。声も素敵ねえ」

「母さん……白石困ってるからそこまでな」

「あらあ、そんなことないわよねえ。ソラちゃん？」

好青年ぶって会釈《えしゃく》する白石を部屋へ案内する。

「濡れたところあとで拭いとくから」

「そお？　わかった」

俺の部屋に入ってタオルとTシャツを渡してやると白石は「おお」と言って受け取った。そこは「おお」じゃなくて「ありがとう」じゃないのかよ。

まあ俺たちの間柄で今さらかもしれない。中学からのフランクな付き合いで、このまえはエッチまでしちゃったわけだしな。

などと、自ら墓穴を掘るようなことを思って、俺はひとりで狼狽えた。下にオカンがいるとはいえ、密室でふたりきり。しかもお互い濡れそぼった状態だ。

白石は勿論そんなことは気づかずに、濡れた服を着替えている。Tシャツがぴったりと肌に張りついて、肩甲骨《けんこうこつ》がぐっと張り出すのがよくわかった。

盛り上がる肩、上腕の筋肉、鍛えた背中は背筋がまっすぐだ。ぼうっと眺める俺を見て、白石は呆れた様子で言った。

「ぼけっとしてないでおまえも早く着替えろよ。そのシャツめちゃくちゃ透けてるぞ」

「えっ？」

言われて己の身体を見下ろすと、白いシャツが濡れそぼり肌の色まではっきりわかった。しかも寒くて乳首が勃っている。

女の子みたいに反射的に胸を隠してから、余計に恥ずかしくなった。その照れ隠しに、思わず白石へ告げる。

「エッチな眼で見るな」

「ああ？　見てねえよ、うぜえ」

その口調が本当に面倒くさそうだったので、俺もつい言い返していた。

「そんなこと言って、俺のこと好きなくせに」

白石は着替えの手を一度止め、まじまじとひとの顔を覗き込んできた。改めて見つめられるとさすがに照れる。

俺がニヤニヤしていると、白石は真顔で吐き捨てた。

「は？　馬鹿じゃねーの」

そのままサクサクと着替えを済ませ、何事もなかった様子でスマホを取り出した。俺のことは完全放置で、誰かとＬＩＮＥでやりとりしているようだ。

「なにやってんだ、風邪引くぞバカ」

心底呆れた調子で告げられる。俺は密かに首を傾げながら、のろのろとシャツのボタンに指をかけた。

（白石は俺のこと、好き……なんだよな？）

疑問符が頭の中で乱舞する。

ここ最近の友人の言動を、俺はつらつらと思い返した。

まずサークル内での過剰なスキンシップ――はふたりきりだと発揮されず、今だってまともだ。次に俺が男たちにさらわれたとき、まっさきに助けに来てくれた。でも俺だって、もしもコイツが誰かにさらわれたら、きっと全力で助けに行く。

（んん……？）

なにより決定的なのは、あのホテルでの出来事だ。アレはさすがに言い訳ができないだろう。

（でも非常事態だったし、俺、泣いてコイツに頼んだような……）

できるだけ思い出さないように、封印していた記憶がほんのちょっとだけあふれだす。

そういえば俺、指じゃ足りないとか泣いたな。そのうえ奥まで入れてくれとかなんとかコイツに縋り付いたような。他にもいろいろ、いくら薬のせいだって言っても、あまりにもあまりな言動の数々。

（待て待て待て……待ってくれ。コイツが俺のことを好きなのは確定だよな？　いくら親友が泣いて頼むからって、素面で男のケツには突っ込めないだろ）

ひとまず冷静になって考えてみる。それじゃあ、もしも俺と白石の立場が逆だったらどうしよう。

薬で昂った性欲を持て余し、どうにかしてくれ、と泣いている白石がいるとする。ケツに入れるのは、そのとき勃つかどうかわからないから置いておくとして、オナニーを手伝うくらいだったら余裕だと思う。

『助けてくれ……葉月……』

ベッドのうえで白石が苦しそうに身悶える。俺の名前を呼びながら、チンコがギンギンにおっ勃っているところを想像した。同じ男としてどれだけつらいのかよくわかる。親友に懇願されて俺は恐る恐る昂りへ手を伸ばす。

（これくらいは余裕だ）

だって人助けだもんな。そうして手で一度抜いたくらいじゃ白石は萎えそうもない。手コキの次といえば――。

（うーん……コイツのチンコなら、舐められそうな……？）

そこまで考えて、俺はひとりでオロオロした。

（え、え、ちょっと待って。待って待って。冷静になって俺）

むしろ、ケツに入れるよりチンコ舐めるほうがＮＧじゃないか？

いやいやどっちもアウトだろ。

動揺のあまりTシャツを前後逆に着てしまう。これはこれでお洒落なバックプリントがイカしてるけど、首のあたりがちょっと苦しい。

「それ、Tシャツ後ろ前逆だぞ。おまえそんなボケっとしてて、よく日常生活送ってられるな」

いっそ感心した様子で告げられて、上擦った声で「お、おう！」と元気に返事をした。

違うここは元気に返事をする場面じゃない。あきらかに不審そうな様子で白石が俺を眺めている。

駄目だ。深呼吸をして落ち着こう。

友達のケツに入れるのと友達のチンコを舐めるのはどっちが駄目か、こうなったら冷静な第三者の判定を仰ぎたい。

「おい白石、ちょっと訊いてもいいか。あのさ友達のチン……ッ」

言いかけて途中で気がついた。白石は第三者じゃないだろ。むしろバリバリの当事者じゃないか。

（ど、どうしよう。ＬＩＮＥで皆の意見を仰ぐべきか？　でも白石を外してるグループって春に辞めたコンビニバイトのグループくらいしか……今はほとんど使ってないし）

シフトの話しかしたことない奴らに、いきなり訊いてもいい案件だろうか。

（いやどう考えても無理でしょ）

どうしよう、白石に一番相談したいのに、一番相談しちゃ駄目だなんて。

なんかもうグダグダになったところで俺はあることを思いついた。要するに、白石が俺のことを好きかどうか確認したいわけだ。直接訊いてもはぐらかされてしまいそうだし、逆にきっぱり肯定されても、やっぱり冗談と判別つかない。

（こうなったら肉を切らせて骨を断つ、だ！）

ことばでわからないなら、行動で示してもらうしかない。

「だからTシャツ逆だって……」

うるさい白石を黙らせるために、その場でTシャツを脱ぎ捨てた。相手の胸ぐらを掴み、自分のほうへ引き寄せる。ふいをついたせいか、白石はされるがままだった。

顔と顔が近い。これだけ長いあいだ一緒にいるのに、思いもよらず新たな発見をした。睫毛《まつげ》はあまり長くないのにけっこう密集して生えている。顎にちいさなホクロがひとつ。こんなのまえからあったっけ。

相手の唇が微かに開く。そのまま待ってみたが、なにひとつ音にはならなかった。

（――白石）

視線を逸らさないまま、ますます顔が近くなる。距離を詰めたのは自分なのか、相手なのか、よくわからない。

息が触れる。視界のフォーカスがぼやけ、あと数ミリで唇がくっつく。そんなタイミングだった。

「ソラちゃあーん！　今日ご飯食べてくー？」

　階下から響き渡る母親の声に、電光石火で身を離す。

　勢いあまって白石は、脛《すね》をローテーブルの角にぶつけて悶絶、その横で俺は本棚に肩を打ちつけて本の雪崩《なだれ》を起こしていた。

「ちょっとうるさい！　あんたたち、なあにバタバタしてんの!?」

　うるさいのはおまえだ！

　と怒鳴り返したい気持ちを必死に堪え、俺は脱ぎ捨てたままのTシャツを手に取った。

　今度は逆にならないよう慎重に被る。

「……飯、食ってく？」

　相手を直視しないようにして訊ねると、涙眼で白石は首を左右に振った。

「いや、今日うちカレーだから」

「カレーか、いいなあ。うちはたぶん唐揚げだ」

「唐揚げか、いいな」

「そうだろ」

　会話はどこかぎこちなく、なんとなしに途切れてしまう。なんだろうこの空気。自分の部屋なのに、このひどく居たたまれない感。

ふと耐え切れなくなったとでもいうように、白石は無言で立ちあがった。つられて俺も立ちあがろうとして、既に立っていたことに気がついた。動揺するにもほどがある。

白石が気を取り直したように口を開いた。

「明日フラ語出るだろ」

「え、休講じゃなかっけ？」

「マジで？」

「うん、マジで」

俺のことばに狼狽する白石を見て何故かこっちまで狼狽する。やがてハッとした様子で白石は言った。

「じゃあ、明日学食で」

「おう学食な」

ようやく落としどころが見つかって、ふたりそろってホッとする。玄関まで見送りに行くと、母親が「ご飯どうするの？」とふたたびにゅっと現われた。もはや何かの妖怪っぽい。

「あ、大丈夫です。今日家で食べるって言ってきちゃったんで」

「そぉお？　それならこれ持って行きなさい」

白石を待たせて、母親がいったん台所へ引っ込んだ。ごそごそやっていたかと思ったら、紙袋を持って戻ってきた。ちなみに俺がよく行く服屋のショップ袋なので無駄にお洒落だ。

「これね、唐揚げ入ってるから。お母さんによろしくね。あ、タッパーはこの子に持たせてくれたらいいから」

「わ、すみません。ご馳走さまです」

好青年風に恐縮する白石を俺はしらっと眺めていた。それに気がついたのか、なんだよとでも言いたげに刺《とげ》のある視線を送ってくる。

そんな無言の攻防などまるで気にする素振りもなく、母は上機嫌で引っ込んだ。

無言でそれを見送ったあと、ほぼ同時に「じゃあ」と言って白石は帰った。閉ざされた扉を見て、束の間俺は放心する。

（あいつは、俺のこと好き？　なのか？）

母親に食事はいらないと答えてから、俺は自分の部屋へ引っ込んだ。

ひとが帰ったばかりの部屋って、がらんとしていて妙に寂しい。ベッドに腰を下ろし枕にぎゅっと抱きついた。

（白石のヤツに、変に思われたかも）

気持ちを確かめたくて、キスしようとした。いくら混乱していたとはいえ洒落にならない。本気で嫌だったら押し退けるだろうけど、突然だったから呆然としていただけかもしれない。

そのあとの白石の反応をひとつずつ思い返してみても、結局どんな確信にも至らなかった。俺がキスしようとしたことさえ、気づいていないかもしれない。

　男たちにさらわれて白石に助けられた夜、セックスまでしたのに白石は俺にキスをしなかった。それがなにを意味するのか、なんとなく怖くて深く考えられずにいる。

　あのときあいつがどんな気持ちで俺を抱いたのか。

　胸がぐるぐるもやもやする。なんとなく手が下腹へ伸びていった。こうなったら一回出してすっきりしよう。

　そう思ってボクサーパンツごとボトムを脱ぎ捨てると、そのまま仰向けに寝転がった。

　ペニスを握って、いやらしいことを想像する。普段ひとりでするときはエロサイトとかをまわるんだけど、ＰＣは机のうえだしスマホは鞄の中だ。頭に女の子の裸を思い浮かべながらペニスを弄ぶ。半分くらいまで反応したところで、ふと物足りなさを覚えた。

「んっ……」

　空いている手を胸へ這わせる。ぷつぷつとふたつの突起が勃ちあがる。右の乳首を指で摘むと、背筋にぶるりと戦慄が走った。

　掌の中でペニスがしなる。括れを撫で、先端の割れ目をそっと撫でた。ピリピリした刺激に腰が持ちあがる。

「は、ん、はっ……」

　乳首を片方しか弄れないのがつらかった。ペニスの割れ目を指で押し広げまた閉じる。

赤い媚肉が覗き見え、ちゅ、くちゅといやらしい音が鳴った。

エッチな女の子を想像している筈なのに、白石の顔がチラつくのは何故か。部屋には白石の匂いがまだ残っているみたいで、いまいち没頭《ぼっとう》できなかった。

「白石……っ」

邪魔するなという意味で名前を呼ぶ。それだけで腹の奥に火が灯った。白石。白石。呼ぶたびに肌が溶けてゆく。

ふと脳裏を過った白石の顔は、俺を抱いたときのものだった。額に滲む汗、男っぽい眉を苦しげに寄せて、唇を熱い息でわななかせていた。

（今、思い出すなよ……なんでッ）

ラブホで抱かれた時のことが鮮明に甦る。

恥ずかしいくらい足を開いて白石のものを受け入れた。優しく乳首を摘まれ、耳朶を甘噛みされて、そのまま何度も中を擦られて激しく突き上げられた。

（やめろ、やめろ、やっ……）

無意識のうちに中指を銜える。舌をからめ吸い付いた。ペニスを扱く手がはやくなる。尻が切ないと認めるのは男としてひどい屈辱だった。

足を開き、浮かせた腰を突き出した。無様ではしたない格好は、白石に抱かれた時と一緒だった。こんなの駄目に決まってる。

必死にかぶりを振るとシーツのうえで髪がぱさぱさいった。ペニスを慰めながら、唾液に濡れた指をゆっくり肛門へ滑らせた。

まだそこは慎ましやかにぴったり口を閉ざしている。ぐるりと縁をなぞり、指を強く押しつける。

「あ、あ……入っちゃ……」

狭く閉ざした場所を無理矢理こじ開ける感覚。指を第一関節まで押し込んだところで、俺は呆気なく絶頂を迎えた。ティッシュが間に合わない。着替えたばかりのTシャツに精液が半分くらい飛び散った。

「はあ、ン……あ、ハア」

呆然と天井を仰ぐ。あまりにもナチュラルに、尻へ指を入れてしまった。射精した爽快感と裏腹に自己嫌悪で軽く死ねる。

(薬も使われてないってのに、なにやってんだ俺は。うう……変な癖ついたらどうしよう)

すっきりするどころかもやもやがいっそう強くなっただけだった。いつのまにか床に落ちていた枕を拾う。それを抱きしめ深く顔を埋めた。

「いい加減、俺のこと好きだって言えよぉ」

呟いたことばはくぐもってはっきり聞こえない。まるであいつのこころみたいだった。

7

寝不足の頭で講義を聴いても、内容なんてまともに入ってくるわけがない。

出欠を取る教授のコマだけ顔を出し、あとは図書館や学食で、ひたすら呆然と時間を過ごした。

白石と一緒の講義もサボったので、ＬＩＮＥに『おまえ今日来てる？』とメッセージが一件入っていた。『来てるよ』とだけ返信してから、すこし考えて『寝てた』とつけたしておく。既読マークがついたが、それに対する白石からの返事はなかった。

午後になって、サークル棟へと足を向ける。

たぶんもう誰か彼かいるだろうから、適当にかまってもらおう。そんなことを考えながら扉へ手をかける。ふと話し声が聞こえ、ドアの窓からなんとなく中を覗き見た。

（白石――っと、吉原か？）

あまり見かけない組み合わせだ。ふたりの雰囲気に何故か扉を開けるのを躊躇する。

「ねえ葉月君と付き合ってるって話、本当なの？」

「想像にお任せシマス」

思い切り棒読みの白石に、吉原は声を上げて笑った。

「ふうん……ひょっとして部長あたりに何か言われた？　図星でしょ」

「まあな」

誤魔化しきれないと思ったのか、白石は素直に降参した。

「おい、ほかのやつらには……」

「言わないよ。ライバルは増やしたくないもん」

吉原のことばに白石がわずかに眉を寄せる。なにか言いかけたようだが、結局それが声になることはなかった。

（ライバルって、吉原も俺のこと狙ってたのか）

なんとなくそんな気はしてた。白石のヤツこころ穏やかじゃないだろうな。だって吉原はかなりの美少女だ。俺のことが好きなあいつにとって最大の脅威となり得る存在だった。

（白石に、吉原。モテすぎるのってやっぱり罪だな……）

何事もなかったフリで、今度こそ扉を開けようとした瞬間だった。

「ねえ、白石君って彼女いる？」

吉原の声が耳に届き、俺は咄嗟に踏みとどまった。ふたりに悪いと思いながら、ふたたび中の様子を偵察する。

「ああ？　いねーよ、悪かったな」

「全然悪くないってば。むしろ私的には嬉しいっていうか」

ぶっきらぼうに答える白石に、吉原はぱっと微笑んだ。その嬉しそうな表情を見て、彼女が次に何を言い出すのか、なんとなく見当がつくような気がした。嘘だろ、おい。

「なんで俺に女がいないと、おまえが喜ぶんだよ」

どこまでも察しの悪い白石に、吉原は小首を傾げてみせた。艶やかな髪がさらり、と肩さきで揺れ動く。

「うーんと……じゃあ思い切って言うね」

はあっと一度深呼吸をしてから、吉原は告げた。

「あのね……私じゃ駄目かな。君の彼女」

吉原は両手で口もとを隠し、上目遣いで相手を見る。白石はぽかんと口を開いた。

「は？」

「突然変なこと言い出してごめんね」

ああもう、白石の大バカ野郎。

こんな美少女から告白されてその間抜けな返事はなんなんだ、おまえは。

なんだか自分でもハラハラしているのかドキドキしているのかわからないが、胸のざわつきが止まらない。

「白石君ってさ、たとえば女の子が重たいものを持ってたら何も言わずに持ってあげて、そのまま立ち去ったりするじゃない」

白石は特に頷くでもなく、黙って吉原のことばを聞いている。すこし怯んだ様子で吉原は言い淀んだ。

「私は、そこが素敵だなって思ったの。こっちが遠慮したりお礼を言う隙を与えないで……それって女の子に負担をかけないようにしてるのかなって」

「いや、俺は別に」

「ほらそうやって謙遜する。白石君ってすごく大人だよね」

白石は頭をかいた。珍しく照れてるみたいな顔に、胸がざらつく。

「いやだから俺は別にそこまでいろいろ考えてやってねーって」

吉原はふと泣きそうに顔を歪ませた。

「告白して、迷惑……だったかな?」

「迷惑っつーか」

白石は本気で困惑している様子だった。

もはや俺は覗き魔と化し、ふたりの成り行きを窺っているありさまだ。

こちらへ近づいてくる足音が聞こえたので、すかさずスマホを取り出して、操作しているフリをする。通行人をやりすごして、俺はふたたび中の様子を確かめた。

「正直言って、おまえは葉月のことを狙ってるんだと思ってた」

「葉月君ね」

俺の名前を聞いて、吉原がすこし表情を曇らせる。なんだか嫌な予感がした。

「うん、最初はね葉月君のこといいなって思ってた。葉月君って格好いいし、女の子にもすごく優しいよね。うちのサークルに入ってくる女子って、半分……ううん、ひょっとしたらそれ以上、葉月君のこと目当てかもしれない」

「まあ、いろんな意味で外面《そとづら》がいい野郎だからな。アイツは」

白石のことばに、吉原は苦笑した。

「そう……葉月君って、誰にでも親切で愛想がいいけど、逆に言うと誰か特定の大事なひとがいないからできることなんじゃないかって思うんだ」

吉原は一度きゅっと唇を引き結び、それから溜息とともに吐き出した。

「彼、自分のことしか好きじゃないのかなって。誰かに親切にしたいんじゃなくて、誰かに親切にする自分が好きなんじゃないかな。私にはそう思える」

「……」

押し黙る白石に、吉原はかえって開き直ったようだった。

「ごめん、怒った？　親友のこと悪く言われたら、いい気持ちしないよね」

肩を竦める白石に、吉原はつづける。

「勿論私が勝手に感じたことだから、本当は違うのかもしれない。あのね、私が言いたいのは……白石君はそうじゃないってこと。君は誰にでも愛想がいいわけじゃない。でもたとえば葉月君に対しては、すごく面倒見がいいでしょう。ちゃんと大事なひととそうじゃないひとの区別ができてるっていうか。もしもね、君の彼女になったら、大事にしてくれそうかなって」

「吉原、俺は――」

白石が眼を伏せ、ことばをひとつひとつ選ぶように重たい口を開いた。無意識のうちに、その場から後じさる。これ以上平静に彼らの話を聞いていられる自信がなかった。

吉原の台詞ひとつひとつが、鋭い刺となって突き刺さる。ショックなのは、たぶん彼女が言っていることの何割かは事実だからだろう。

でも吉原はひとつだけ大きな間違いをしている。

自分のことしか好きじゃないなんて、嘘だ。俺には好きなヤツが、自分のこと以上に大事に想う相手がいる。

（俺は、白石が、好きだ）

観念して認めてしまえば、すべてがストンと腑《ふ》に落ちた。

白石が好きだから、自分に都合良く勘違いした。もしも恋人になったら、いつか別れてしまうかもしれない。それよりも親友のままずっと一緒に過ごしたかった。

（そうだ、もしあいつが吉原と付き合ったとしても、俺とは親友のままじゃないか）

確かにそれは自らが願ったことだった。それなのに。

――どうして今、俺は打ちのめされているんだろう。

白石は吉原の告白を受け入れるだろうか。そりゃ、あれだけの美少女だ。断る理由がないだろう。

たとえばもしも白石が俺のことを好きだったとしても、男の俺と女の吉原じゃ吉原を選ぶに決まっている。だって吉原にはおっぱいがついてるし。

（いくら常勝葉月優征といえども、おっぱいには勝てねーよ）

だっておっぱいはふわふわでいい匂いがして、触ると楽しくなって見ると嬉しくなる。

吉原と俺との勝負が五分五分だったとしても、吉原withおっぱいＶＳ俺だったら吉原の勝ちだ。

（敗者は黙って立ち去ろう）

ふたりから逃げ出すように、俺はその場から立ち去った。

とぼとぼ俯いて歩いていると、角を曲がるとき思い切り誰かとぶつかってしまった。

よろめく身体を強い力で支えてもらう。俺みたいなデカイ男を受け止めるって相当だ。

驚いて顔をあげると、そこにいたのは太田先輩だった。

「おっと葉月か。悪いな、ぶつかっちまった」

「いえ俺のほうこそ、不注意でした。すみません」

太田先輩はそのままマジマジと俺の顔を凝視する。

「先輩、支えてくれてありがとうございます。それとあの……」

「おう、どうした？」

「……近いっす」

居心地の悪さからつい視線を伏せると、すまないと太田先輩が慌てて腕を放してくれた。

「なんだ、これから帰るのか？」

もう講義はすべて終了している。サークル室までやってきておきながら、練習に参加せず帰る俺を先輩は不思議に思ったみたいだった。

「はい。ええと……ちょっと用事を思い出したので、お先に失礼します」

「そうか、じゃあまた明日な」

あっさり頷き、太田先輩がきびすを返す。

すぐにでもサークル室へ向かおうとする先輩を、俺は反射的に引き止めていた。

掴まれた腕を怪訝な顔で一瞥し、先輩がこちらを振り向いた。苦し紛れの愛想笑いは、たぶん完全に引き攣っている。

「なんだ、まだなにかあるのか？」

「は？　いや、えーと……あるようなないようなような……」

「おかしなヤツだな」

太田先輩が、俺を振り切って進もうとする。ヤバイ。もし今、吉原と白石がキスとかなんとかしていたら、規約違反でふたりともサークルを辞めさせられるかもしれない。白石には恋人のふりをする件で協力してもらっているんだから、俺だってあいつを助けなきゃ。この場をうまく誤魔化すアイディアは——。

「太田先輩、実は折り入って相談があるんですが。ちょっとお時間頂けませんか」

「相談？　俺にか」

「そ、そうです……っ」

苦し紛れのことばだったが、太田先輩は一応付き合ってくれるらしい。ひとまずこの場はやり過ごせそうで俺はホッと溜息を吐いた。

「仮眠室でいいか？」

「はい、問題ないです。わざわざすみません」

「可愛い後輩の頼みとあっちゃ断れないからな」

相変わらず面倒見のいい先輩だ。そんな相手のひとの好《よ》さにつけこむようで、罪悪感に胸が痛む。でもサークル室から先輩を遠ざけることができて俺は胸を撫で下ろした。

そろそろ他のメンバーも来はじめる時間だ。あのふたりもちょっとは自重してくれると信じたい。

仮眠室に着くまで、珍しく誰ともすれ違わなかった。先輩が扉を開けてくれたので礼を言ってさきに入る。すぐに太田先輩も続き、後ろ手に鍵をかけた。扉の窓も備え付けのカーテンで塞ぐ。よっぽど深刻な相談だと思われたんだろうか。ますます申し訳ない気持ちでいっぱいになった。

太田先輩が直視できず俺は床へ眼を落とした。誰が使ったのか布団が敷きっ放しになっている。極薄布団と、くしゃっと丸まった毛布をぼうっと眺めていると、太田先輩が口火を切った。

「で、相談ってのは？」

「あー……」

当然の流れで訊ねられる。俺は必死に頭を捻った。吉原ショックからまだ立ち直っていないみたいで、頭がうまく働かない。そんな俺を見て太田先輩が苦笑するように告げた。

「――白石のことか」

突然先輩の口から白石の名前が飛び出して「うえっ？」とおかしな声が漏れてしまう。こちらの反応に先輩はただでさえ細い眼をいっそう細めてみせた。

「おまえたち付き合ってるんだろ。だからそのことかと思ったんだが違ったか」

「あ……やっ、そう！　そうです、そのことです」

太田先輩の表情が曇る。心配そうな様子で訊ねられた。

「アイツと喧嘩でもしたのか？」

「あー、はい、そんなところです」

「……まさか、女がらみか」

吉原のこともありついドキリとしてしまう。俺の反応に先輩は驚いたみたいだった。

「白石に限って浮気とはな。俺に相談するってことは、サークルのヤツなのか？」

「あ、いえ。浮気ってわけじゃ……」

慌てて俺は言い訳した。浮気もなにも実際俺と白石は付き合っていない。吉原のこともまだ確定かどうかわからなかった。まあ、十中八九付き合うことになるとは思うけど。

「おまえが言いづらいってんなら、俺から白石に言ってやるぞ」

「いえいえ、本当に違うんです。ただ、その……先輩にちょっと話を聞いて欲しかっただけで……」

「ほう？」

俺のことばに先輩の眼がキラリと光る。なんだかよくわからないがすごい迫力だ。

急に先輩と密室にふたりきり、という状況に息苦しさを覚えた。身長こそ俺のほうが高いものの、先輩は武道経験者で白石をさらに大きくした体格だ。

「おまえたちは中学からの親友なんだったか。同性でしかも長年の友人から恋人になるには、よほど心境の変化があったんだろうな」

「ええ、まあ」

そのへんはあまり突っ込まれたくない話だ。ことばを濁そうとする俺に、しかし先輩の追求は止まない。

「先輩、あの……」

「合宿でおまえが拉致られたあと、白石と寝たんだろ」

「……ッ」

さすがに絶句する。表向きは俺と白石は恋人同士だ。恋人なんだから別に寝たっておかしくない。でもそんなことわざわざ今、指摘するようなことだろうか。

黙っている、否定しないということは肯定したのと一緒だ。でも脳みその稼働率がいつもの一〇パーセント以下で、うまくはぐらかすことができなかった。

太田先輩はやっぱりな、と苦く笑った。カマをかけられたんだとようやく気がついたものの、俺の頭は依然《いぜん》として混乱中、混乱なうだ。

自然と俯きがちだった俺は、おいと声をかけられておもてを起こす。

ぎょっとするほどすぐそばで先輩が俺を見つめていた。慌てて後じさろうとして敷きっ放しの布団のうえに尻餅をついてしまう。

「へ、あっ……？」

太田先輩が驚くべき俊敏さで俺のうえに被さってくる。思わず悲鳴を上げるまえに、相手の声が鼓膜に届いた。

「あの日が、初めてだったんだな。なあ葉月、おまえはどんなふうに抱かれたんだ？　尻を犯され痛くて泣いたのか、それとも善がり狂ったのか」

「わ、わ、ちょ……」

逃げる間もなく埃っぽくて汗臭いペラペラ布団に押し倒された。完全に俺を組み敷いた先輩がギラギラした眼でこちらを見る。その瞬間、男たちに襲われたときのことがフラッシュバックのように甦り、全身からふにゃりと力が抜けてしまった。

あのときの恐怖とか絶望感が毒のように俺の血管を駆け巡る。指が震えてどうしても逆らうことができなかった。

大人しい俺を見て、太田先輩がそっと髪の毛に口づける。

（ひ、ぃ……！）

見知らぬ男に押し倒されるのとはまた別の恐怖がそこにあった。何故どうして、と疑問が表情に現われたのか、太田先輩はいきなり語りはじめた。

「葉月、葉月。俺だっておまえを、おまえのことだけをずっと見つめてきたんだ。だからおまえが男に抱かれたこと、すぐに気がついたよ。無垢だったおまえがふとした拍子に艶っぽい顔を魅せるたび嫉妬に狂いそうだった」

「む、むく……？」

むくってなんだ。向く、剥く、としばらく考えてようやくイノセントの無垢なんだと気がついた。

先輩が俺のことをそんなふうに思っていたなんて。照れるというか呆然とする。

「二年のとき、入学受験の手伝いに駆り出された。そこでおまえを見たのが始まりだった。教室の中でおまえの姿だけ際立って見えた。窓から差し込む光がおまえの横顔を照らしてなんだかこの世のものとは思えなかったよ。こんな綺麗なヤツがいるなんてちょっと信じられなかった。どうかおまえがこの大学に受かりますようにって、試験のあいだじゅう俺はひたすら祈ったよ。でもそれだけだった。鮮烈な記憶もやがては薄れる。日が経つにつれ、おまえのこともほとんど忘れかけていた。幻だったと思い込もうとしたんだな。でもそのおまえが、なんとうちのサークルに入ってきたんだ」

無意識のうちに俺はゴクリと喉を鳴らしていた。

「運命を感じたよ。俺とおまえ、これはもう運命だってな」

「せ、先輩っ……」

なにか重要なことを話してくれている、というのはなんとなくわかる。でも先輩の手がさわさわと俺の腰あたりを撫でまわすものだから、イマイチ内容が頭の中へ入ってこない。

「ひっ、あ、あの……先輩、どうか穏便《おんびん》にっ」

「葉月ぃ」

先輩がうっとりした顔で俺を見る。その気持ちはわからないでもない。いくら見ても見飽きることのない美貌だからな。でもだからといって許されないこともある。

冗談はやめてください、と言おうとして俺はあることに気がついた。太腿のあたりに先輩の股間がぎゅうと押しつけられている。

（わあ、先輩めちゃくちゃ勃ってる……！）

俺が気づいたことに、先輩も気づく。照れたように笑ったかと思うと、次の瞬間獰猛な表情へと豹変した。

「葉月、葉月、おまえも男だからわかるだろう。止まらないんだ。頼む、一回でいいから抱かせてくれ。付き合ってくれなんて贅沢《ぜいたく》は言わない。一度でいいんだ、なあ」

「待ってください、無理です、無理っ」

半泣きの俺をまえにして、先輩はいっそうギラギラする。絶体絶命の冷や汗がつつうと背中を伝わった。

先輩は柔道だか空手だかの元選手で、いまでもたまに道場に通っていると聞く。ウエイトも腕力も相手のほうが上で、マウントポジションまで取られてしまった。

先輩から顔を背けた途端、俺の眦《まなじり》から一粒の涙がこぼれ落ちた。野獣をまえになすすべもない儚い俺。押しつけられた先輩のペニスがいっそう大きくなったように思った。

「つまり……俺があまりにも美しく魅力的なせいで、副部長を惑わせてしまったんですね？」

「お？　お、おう……その」

「いいんです！　もう……それ以上は言わないでください。美しさは罪……よく……わかってます。俺……責任取らなくちゃ……駄目、ですよね」

「葉月、おまえ」

太田先輩としっかり視線を合わせつつ、俺はシャツのボタンをゆっくり外した。

「先輩……俺のこと、好きにしてください」

ひゅ、と息を飲み込む音。先輩が猛然と俺にむしゃぶりついてきた。唇を奪われそうになり、首を捻《あわだ》って相手を避ける。そのまま耳やら首筋やらを犬のように舐めまわされ、ぞっと全身が粟立った。

ヒィとか細い声が勝手に漏れる。先輩はやたら焦った手つきで俺のベルトを外そうと四苦八苦だ。しばらくカチャカチャやったあと、遂《つい》にファスナーまで降ろされる。インナーとして着ていたTシャツは、首のあたりまで捲られた。胸というか乳首に舌を這わされて、思わず吐きそうになる。

先輩はとにかく夢中だった。やるなら今しかないと覚悟を決める。

「すみません！　やっぱり無理っす！」

叫びながら、俺は先輩の股間を思い切り膝で押しつぶした。さすがにそこは鍛えられないのか、先輩が声もなく悶絶する。倒れてきた重くゴツイ身体を必死に押し退け、俺は出口へ駆け出した。

つもりだったが、膝が萎えて這いつくばうことしかできない。やっとの思いで扉に辿り着いたが、いくら力をこめても開かない。完全にパニックに陥る直前、先輩が鍵をかけていたことを思い出した。

背後を振り向くと、股間を押さえながら先輩が恨めし気にこちらを睨みつけている。

「葉月……待て……っ」

「ぎゃあ！」

扉の鍵が開く。衣服を整えることも忘れ、俺はそのまま廊下へと飛び出した。

捕まったら今度こそ終わりだ。きっとボロクズみたいになるまで犯し尽くされるだろう。

自分がどこへ向かっているのかもわからないまま、俺は闇雲に駆けていた。

廊下のさき、ふと見慣れた姿が視界に入る。相手もこちらに気がついて、ぽかんと大きく口を開いた。足のスピードが自然と落ちる。

白石だった。最初呆気に取られた顔だったが、すぐにその表情が険しくなった。

「こっちへ来い！」

「う、わ」

腕を掴まれ、偶々近くにあったトイレへと引きずり込まれる。

「白石、ちょ、痛いって……！　それにここ職員用トイレだぞ」

ガッときつく肩を掴まれて、顔を覗き込まれた。

「誰にやられた」

「え？　……あっ」

「相手を庇うつもりか。誰にやられたか言え！」

友人の剣幕《けんまく》に、改めて自分の格好を見下ろした。

シャツのボタンは全開、中途半端に引き下ろしたインナーは腹のあたりで捲れている。ベルトも外れ、ジーンズは辛うじて腰骨に引っかかっている有様だ。言い訳しようとして、白石の肩越しに洗面台の鏡が眼に入る。

たったいま押し倒されてきました、と言わんばかりに髪がぐしゃぐしゃに乱れていた。ずり落ちたジーンズを引き上げつつ、髪の毛を無造作にセットする。そんな荒技をこなしつつ、俺は白石の質問に答えてやった。

「……お、太田副部長」

「どこまでされた？」

低く押し殺した相手の声に、俺はちょっとだけビビってしまう。こんなガチ切れした白石は久しぶりだ。

「別に、大したことされてないって。押し倒されて、乳首とか首とか舐められたくらいで――」

「……ろす」

「はい？」

「ぶっ殺す」

唸るように呟くと、白石が今にもトイレから出て行こうとする。本当に今にも相手をどうにかしそうだ。俺は咄嗟にその手を掴んだ。

「待て待て待て！　なんでおまえが切れるんだよ！」

「ああ？　切れるに決まってんだろうが！　あの野郎、とうとう本性を現わしやがって。ずっとあやしいと思って今までガードしてたんだ。それをこんな」

「あやしい……って、まさかおまえ、前から先輩のこと気づいてた⁉」

びっくりして声を上げる。白石は心底呆れた、という顔をした。

「おまえは中学の頃から全然進歩ないな」

「中学の頃って……」

「ストレートに告白するヤツばっかかじゃなかっただろ。三組の矢島とか二年の林田とか、あとサッカー部の河野な、まだまだ他にもおまえのこと狙ってたんだぞ」

「え？　えっ、マジで言ってんの……？」

「まあ、あんまりタチ悪そうなのは俺がシャットアウトしてたから、おまえは気づかなかったのかもしれないけど。自分がある種の男から狙われる存在だっていい加減自覚しやがれ」

青天《せいてん》の霹靂《へきれき》というかなんというか、驚きのあまり頭がついてこない。

「いや自覚たって……昔はちっこいから女の子に間違えられたりもしたけどさ。今はこんなよ？　おまえよりデカイのに」

「んなこと言って現に何度も襲われてるじゃねーか、ボケ」

何度もっていうか二回だけど。まあ二回でも男が男に襲われるなんて充分尋常じゃないか。思わずハアと溜息を吐いた。

「……これからは気をつけます」

「おう気をつけろよ」

すこし頭が冷えたのか、白石はもう出て行こうとしていない。掴んでいた手首を離してやると、白石は取り戻した手を確かめるようにグーパーした。

相手の表情がまだ硬いのを見て、取りなすように俺は言った。

「いやあ、それにしてもよくおまえ先輩がアレだって気づいたな。俺なんか自分のことなのに全然わかんなかったってのにさあ」

「そりゃ、あの人はけっこうあからさまだったからな。おまえがシャワー浴びてるところ覗こうとしたり。おまえ、俺がさりげなくガードしてたのも知らなかっただろ」

相手のことばに遅ればせながらハッとする。シャワーブースに侵入してきたのも、サークルでやたら俺にベタベタしてたのも、全部先輩への牽制だったのか。

俺はそれを真に受けてひとりで大騒ぎしてたらしい。とんだ勘違い野郎だ。

（なんだ、そっか。俺のこと、好きじゃなかったのか……）

無意識のうちに笑いが漏れる。独りよがりでバカな俺。これじゃ、太田先輩のことを笑えないじゃないか。

笑えないどころか自分が泣きそうなことに気がついた。

（そりゃ、エッチしたってキスは避けるよなあ）

だってチンコが勃起するのは生理現象だけど、キスは違う。

本当だったらすぐにでもひとりになりたいところだ。でも今外へ出ると太田先輩とはち合わせになってしまうかもしれない。逃げ場もなく、いっそヤケクソで訊いた。

「ところでおまえ、さっき吉原に告白されてただろ。どうすんだよ」

俺のことばに白石は大きく眼を見張った。バツが悪そうに俺からそっと視線を逸らす。

「なんで告白されたの知ってるくせに結果は知らないんだよ。見てたんじゃないのか」

「見てたっていうかサークル室入ろうと思ったらおまえたちが勝手に取り込み中だったんだろ。……悪いなと思ったから途中で帰ろうとしたら先輩に捕まったんだよ」

「え、マジで？　葉月ごめん」

「別に、おまえが謝ることじゃ……」

泣きたい気持ちに拍車がかかる。だが俺は無理矢理笑顔を作った。

「で？　付き合うんだろ、吉原と。問題は部長になんて切り出すかだよな。俺からもおまえたちが辞めずにすむように頼んでやるからさ」

「は？」

何言ってんのコイツ、とでも言いたげな表情だ。ムッとする俺に呆れ顔で白石は告げた。

「吉原からの告白なら断ったぞ」

「ええっ、なんで⁉」

心底驚いて俺が訊くと、白石はちょっとだけ遠い眼をした。おまえがそれを訊くのか。とかなんとか口の中で呟いている。

それよりコイツ信じられない。あんな美少女から告白されるなんて千載一遇のチャンスだったのに、いったい何を考えてるんだ。

白石のことばに沈み込んでいた意識が浮上する。

「好きなヤツがいるからって、断った」

「す、好きなヤツって……俺の知ってる人間？」

半ば予想はしていたが、実際に本人の口から聞くとひどくこたえる。落ち込む俺に気がついているのかいないのか――どうせ気づいてないんだろうが――白石は言った。

「ああ、知ってる」

　勿体ぶりやがって、くそ。ここまできたらコイツが誰に惚れているのか教えて貰わなければ引き下がれない。俺は友人を睨みつけた。

「誰なんだよ。ヒントくらい教えてくれてもいいだろ」

「ヒントっていうか……まあ、はっきり言って見た目は悪くないな」

　見た目は悪くない、か。これで俺じゃないことは確定だな。でもこれだけじゃ誰なのかわからない。

「あとは？」

「見た目のわりに鈍いっていうか抜けてるっていうか、全体的にぽやぽやしてる」

「ふーん？」

　俺と白石の共通の知り合いでそんな子いたかな。大学の知り合いにはいなさそうだし、待てよ確か高校の同級生にそんな感じの子が——。

「おい、わかったぞ！　白石あの子だろ、名前はええと確か……」

　答えようとする俺のことばを白石は素早く遮った。

「違う」

「はあ？　なんでだよ、ちゃんと聞けって」

「絶対に違うと断言してやる。おまえはちっともわかってない」

「ええー……」

せっかく俺が考えたのに、最後まで聞いてもくれないのか。唇を尖らせる俺を見て、白石は深く深く溜息を吐いた。

「わかんないみたいだから特別にもう一個だけヒントを出してやる。これだけ言われてもまーだ自分のことだってわからない底抜けのアホだ」

「……んん？」

なにやら聞き捨てならなくて白石のことばを反芻する。耳から入ったことばの羅列がようやく脳みそへ浸透する。思わず叫んだ。

「ええ？　俺？」

俺を見て、かなり不本意そうに白石は頷いた。整理するから、ちょっとだけ待ってくれ。

「おまえが俺を……ええっ？　でも、さっきのヒントに俺的な要素ひとつもなかったよな？」

だって俺の顔は悪くないっていうか超絶美形だし、鈍くもないし抜けてもいないし、ぽやぽやしてるっていうかクールでスマートだし。こんなヒントでわかるわけない、完全なミスリードだ。

（つまり俺は底抜けのアホじゃない）

そう結論づけたところで、肝心の本題を思い出す。

「おっ、おい白石！　さっきのもう一回言え」

俺の勢いに相手が少々後じさる。

「さっきのって……底抜けのアホ？」

「違うってバカ！　そのもっとまえ！」

「え、えっとぽやぽやしてる……」

バカなの？　バカだな。コイツって本当にバカ。違う、と地団駄踏みたい気持ちで俺が言うと白石は困惑した様子で首を傾げた。

「ええと……好きなヤツがいるから断った」

やっと正解かよ。俺はここぞとばかりに追求した。

「誰が誰を好きだって？」

白石は俺を見て天井を見て、最後にまた俺を見た。強面《こわもて》のくせに、途方に暮れたその顔はまるでこどもみたいだ。

「あー……俺、おまえ、好き？」

「なんでカタコトなんだよ、バカ！」

ああもう焦れったい。苛々する俺を見て、白石はぽりぽりと頭をかいた。

「おい葉月」

名前を呼ばれてアア？　とやさぐれた返事をする。白石はすこしだけ苦笑した。

「おまえのことが好きだ、葉月」

「……」

よしよし、やればできるじゃねーか。まあ、俺は最初から気づいていたけどな。

余裕綽々《しゃくしゃく》でそう言い返してやりたいのに、声は喉の奥に張りついてまったく音にならなかった。

見つめられてじわじわと顔に熱がたまってゆく。赤面した俺はさぞかし色っぽいだろう。でもせっかく告白されたのに返事もできずに黙り込むのはちょっと格好悪い。

こほんとわざとらしく咳払いをして、俺は言った。

「まあ俺の美貌におまえの眼が眩むのも無理はな」

「それは違う」

食い気味に否定されてムッとする。可愛く唇を尖らせる俺に、白石はなんとデコピンしやがった。暴力反対！

「見た目だけだったら、女のほうがいいに決まってるだろ。そりゃおまえの面は嫌いじゃないけど、それだけってわけじゃないからな」

「女のがイイくせに、じゃあ俺のどこが好きなんだよ」

臆面《おくめん》もなく言ってのけると、白石は肩を竦めてみせた。

「会話してたらひとりで別次元へ行っちまったり、いつもぼーっとしていて危なっかしいくせに、サッカーの試合じゃすごいプレイを連発して、その日会ったばっかりの女の為に身体張ってみせたり、チャラチャラした外見のくせに芯はガッチリ通ってる……って思わせといてやっぱり天然だし――とにかくおまえといると毎日飽きない。これだけ俺をドキドキワクワクさせてくれる人間はおまえ以外誰もいない」

白石の告白に俺はフンと笑ってみせた。そんなのこっちだって同じだっての。強面のくせに俺限定でやたら面倒見が良かったり、なんだかんだ言っていざってときは一番頼りになる存在で、今までほとんど毎日一緒にいたにも拘わらず、このさきもずっともっと一緒にいたいなんて思えるのは。

（おまえだけだ）

お互い男とかどうでもいい。いや、勿論どうでもよくはないんだけど、それがどうでもよくなっちゃうくらい、俺にはコイツしかいないし、コイツには俺しかいない。きっとそういうことなんだろう。だから俺は白石に言った。

「お、俺もおまえのこと――」

我ながら誰かと思うほど声が掠れきっている。でも白石は笑うことも茶化すこともない。ただじっと俺のことばを待っている。

白石の胸ぐらを片手で掴んだ。そして相手の唇ごと自分の唇を塞ぐ。ほら、こうすれば恥ずかしいことばを言わなくても、俺の気持ちが伝わるだろ。フォーカスがぼやけるほどの至近距離で白石の眼が見開かれる。勝った、とわけもなく思い口もとが緩む。と、ふいに相手の舌が口腔内へと押し入ってきた。

（舌熱……っ）

歯の付け根から上顎をくすぐられ、ぶわっと後頭部が逆立った。反射的に目を閉じる。

それをどう受け取ったのか、白石の野郎はますます勢いづいてきた。

舌と舌をからめ、わざと派手な音を立てる。いくら職員用トイレとはいえ、誰が入って

くるかわからないのに、こんなの駄目だ。そう思うのに相手を退ける気持ちにならない。

それどころかいっそう夢中で自ら舌を蠢かした。

だって脳みそがトロトロになるくらい気持ちがいい。

もっともっと、と思いながらキスを繰り返していると、突然白石がキスを解き俺の前髪

を鷲掴んだ。

「クソ、無理だ……！」

無理ってなんだ。やっぱり男なんか無理だってことだろうか。っていうか髪が痛い。

「こっちへこい」

白石はまごつく俺の腕を取ると、まるで嵐のようにトイレの個室へと連れ込んだ。抗議

する間もなく、がちゃりと鍵を閉められる。

（なにこのデジャビュ……）

シチュエーション的には太田先輩のときと似ているのに、今度は俺のテンションが全然違う。ドキドキして、今にも心臓が口から飛び出しちゃいそうだ。

「白石、もしかして……ここですんの？」

囁く俺に、白石は悪い笑顔を浮かべてみせる。大学のトイレで、とか正気じゃない。いくら恋人同士だと触れ回っているとはいえ、あくまでフリだ。一ヶ月後には種明かしをするんじゃないのか。でもここでバレたらもう言い訳はできない。

「あ、待って……駄目だって、こんな……ぁ」

乳首を軽く抓《つね》られて、甘い声をあげてしまう。駄目だと言いながら、まったく抵抗できてない。だって仕方ないじゃないか。俺だってキスのせいで盛り上がってしまっている。流されたいんだ、本当は。

「白石、や、だぁ」

だから愚図《ぐず》るようなことばは、拒否するというよりも男を煽るためのものでしかなかった。白石もそれに気づいているからどんどん行為がエスカレートしてゆく。

ベルトなしで緩くなったジーンズの隙間に手をねじ込まれ、大きな掌にいやらしく尻を撫でまわされた。以前抱かれたときのことを思い出さずにはいられない。背筋がぶるっとおののいた。

白石とエッチしたい気持ちがますます強くなる。でも最後の最後で理性が勝った。こんなところでヤッて、声とか色々我慢できると思えない。それにせっかく両想いになった記念すべきエッチなのにトイレの個室ってどうなんだよ。

「なあ……ホテルか、せめて俺ン家行こうって……」

「無理だ」

「なにが無理だよ。こっちのが無理だって……！」

すげなく断られ、さすがにイラっとする。シーツに薔薇《ばら》を敷き詰めてとまでは言わないが、こんなのあんまりだ。ひとのこと雑に扱いすぎだろ。俺は野郎で友達で、だからムードとかどうでもいいとか思われてんのかよ。

「おまえが欲しくて気が狂いそうなんだよ。ホテルに行くとか無理に決まってんだろ。もう一秒だって我慢できねえ」

俺はまじまじと相手の顔を見た。眉間には深い皺、ただでさえ切れ長な眦がいっそう吊りあがり、マジで鬼気《きき》迫る表情だ。

（なんだよ、コイツ必死すぎ……）

インターハイの準々決勝、一点ビハインドのロストタイムのときだってこんな顔はしてなかった。

両手で白石の頬を挟む。ぐるるる、と唸りそうな勢いで相手はこちらを睨みつけた。狂犬みたいなヤツだ。そう思ってつい頬が緩んだ。

「おまえは俺のことが好きで好きで好きで好きで好きでしょうがないんだなあ」

「うるせえよ。こっちはひと目惚れ拗らせてんだよ、悪かったな」

「えっ？」

さっき俺の外見は二の次みたいなこと言ってなかったか。それにひと目惚れって、コイツホモじゃないよな。いや厳密に言うとホモだけど、さすがに中学時代はそうじゃなかった筈だろ。

さすがに驚きを隠せない。白石は凶悪な表情のまま、見事に赤面してみせた。

（あ……やばい……）

白石の胸に手を当てると、心臓がものすごいスピードで拍動しているのが伝わってきた。と、何故かこっちの心臓までピッチをあげる始末だ。

ははは、と無意識のうちに笑いがこぼれた。だって笑っていないと思わず泣き出してしまいそうだ。

こんなゴツくておっぱいもない背だって俺より二センチ低い野郎なのに、息ができないほど愛おしい。こんなふうに胸が苦しくなるほど誰かのことを思ったことなんて一度もなかった。ずっと近くにいたのになあ。

笑う俺を咎めるように、コツンと額と額がぶつかった。

「泣くなよバカ」

まったくの言いがかりも甚《はなは》だしい。俺はすかさず反論した。

「は？　泣いてねーし」

「泣き出す五秒前って顔してるくせに」

「そりゃ、おまえだろ」

同時にムッと押し黙り、互いの顔をじっと見る。睨み合っていた筈なのに、気がつけば唇と唇がぶつかっていた。相手から離れようと思ったが、思っただけで終わる。それどころか俺は唇を開き、自ら舌を差し出していた。すぐに向こうが食いついてくる。

（白石に舌食べられちゃった……）

くちゃくちゃと食べ物みたいに貪られ、こっちも負けじと舌を動かした。水音が跳ねるたび頭のうしろがチリチリする。身長がほとんど同じだから、腰を押しつけると性器と性器が擦れ合う。

「んっ、は、ン」

既に半分勃ち上がりかけていたものが、完全に屹立する。それは向こうも一緒だ。俺が腰を振ると、めちゃくちゃに尻を掴まれた。

「あ、あ」

穴が左右に引き攣るくらい、尻肉を握りつぶされる。痛いと思うよりさきに、最奥が淫《みだ》らな期待にヒクついた。下着の中が先走りの液で大変なことになっている。

（ヌルヌルしてる……）

上からも下からもくちゅくちゅと恥ずかしい音がする。勃起した乳首がTシャツに擦れるのにさえ感じてしまう。

「ふ、あ……白石ぃ……」

「待ってろ」

言って、白石が着ていたジャケットのポケットを探る。そこからごそごそ取り出したのは、携帯用のハンドクリームとコンドームだった。

「ずいぶんと用意周到ですね」

俺のことばに、白石はわずかに目を逸らした。

「正直に言うと、機会があればいいなとは思ってた」

「この助平《すけべ》野郎」

「キスだけで乳首とチンコおっ勃ってるヤツに言われたくねーな」

台詞とともにそのふたつを同時に弄られる。あふぁとか間抜けな声を漏らしながら、顎が持ち上がる。

「後ろ向け」

言われるまま、扉を正面に白石へ背を向ける。中途半端に膝のあたりでもたついていたジーンズを、下着ごとどうにか片方だけ引き抜いた。当たり前だけど、靴を履《は》いたままだとめちゃくちゃ脱ぎづらい。全部脱ぐ前に、剥き出しの尻をするりと撫でられた。

「力、抜いてろよ」

白石はいやらしい顔で笑いながら、ハンドクリームを震えるくらいたっぷり指に取った。尻の合わせめにそって、指がぬるぬると上下する。身体の一番奥がひくんと蠢くのが見なくてもわかった。このまえそこを使ったとき、俺は薬を使われていた。だから今日コイツを受け入れるのは難しいかもしれない。

そんなことを考えていたのに、クリームにまみれた白石の指はあっさりと俺の内部へ侵入を果たす。ぬぷぷ、と狭い入り口をくぐり抜け、やわらかい壁を嬲りながら奥へ奥へと入ってくる。

「このまえより狭いな」

そんなことを言いながら、繊細な場所を蹂躙《じゅうりん》する。痛みはほとんど感じないが、指一本なのに異物感と圧迫感が凄かった。たとえ二度目でも、この感覚には馴染めない。

「おまえもちょっとは協力しろ」

白石に促され、片方の手は乳首にもう片方の手は自分のペニスへと導かれる。ちょっとでも穴が緩むようにオナニーをしろってことらしい。

「ホラ、ちゃんとやれよ」

きゅっと自分で摘んでるのとは反対側の乳首を軽く抓られ、思わずつま先立ちになってしまう。浮いた腰を追いかけるように、白石の指がさらに奥を抉ろうとする。

「あっ、あ」

あえかな息をこぼしながら、俺は自らを慰めた。既にそこは先走りの液があふれていて扱くとクチクチと音がする。そうこうしているうちに、体温で温められたハンドクリームが溶けだしたのか、後ろからもニチニチと粘ついた音が聞こえてきた。いやらしくて頭が変になりそうだ。

面白いくらい全身から力が抜けてゆく。気がついたときには、後ろを穿つ指が二本に増やされていた。

口を開けるように促され、従うとビニールのパッケージを銜えさせられる。コンドームだと気がついた瞬間、白石の顔がすぐそこに近寄っていた。

キスするみたいに、白石がコンドームの包みを食い破る。潤滑剤の油っぽい匂いとゴム臭が鼻腔を突き刺した。剥き出しになったコンドームを白石の指がそっと摘む。

「んんっ……!?」

てっきり自分に装着するのかと思いきや、白石はそれを俺のペニスに被せやがった。銜えたままだった空のパッケージを吐き出して、俺は俄然抗議した。

「なんで俺につけるんだよ！」

「だって、服汚したらヤバイだろ。これから電車で帰るのに」

余計なお世話だと言いたいが、白石の言うことも一理あった。でもこっちだって毎回生でやらせるわけにはいかない。ネットで調べたところによると、中出しされたら腹とか壊すみたいだし。

「だったらおまえもつけろよ」

俺のことばに白石は晴れ晴れとした顔で笑ってみせた。

「残念、これしか持ってないんだ」

「コンドーム頭から被って窒息しろ！」

笑い声とともに、指がさらに一本増やされる。

「く、ぅん」

男の太い指を三本も挿入されれば、さすがに入り口が引き攣って痛みが走った。気持ちいいどころかはっきりと気持ち悪いのに、俺の利かん坊は一向に萎える気配もないのが謎だった。

「はやくおまえの中に入りたい」

白石が焦れた様子で俺のうなじへ噛みついてくる。ガシガシと遠慮なく食いつかれ、肉を食いちぎられそうな恐怖にぶわっと背筋に鳥肌が立った。

「あ。今、すげー締まった。おまえ、エロすぎ」

優しく叱られ、握りしめていた自分のペニスがどくんと大きく脈打った。奥が熱い。快感のきざしのようなものを嗅ぎ取って、後ろが淫らに収縮する。このままじっくり内壁を擦られれば、やがて肉は柔らかくなり、いつしか蕩けだすんだろう。

想像して奥が疼いた。堪らなくなって乳首を押しつぶすと、呼応するように最奥がおののいた。

「あ、ああ」

乱暴に大きく指を抜き差しされても、痛みで呻くよりも喘いでしまう。噛み付くような口づけとともに、指を一気に引き抜かれた。

「ひ、あ」

クリームにまみれ、ぬるぬるになったペニスが最奥へと押しつけられる。よっぽど興奮していたらしく、白石がベルトを外す音さえ気づかなかった。そのまま焦らすように、ペニスの先端でちゅっちゅっと何度もキスをされる。ガクガクと膝が笑い、まともに立っていられなかった。頭がぼうっとして、はあはあと息が荒くなる。

「あ、ああ……」

俺はもう知っていた。コレがどれだけ自分のことを気持ちよくしてくれるのか。はやく、と熱病に罹《かか》ったみたいに俺は思う。はやく俺を犯して、グズグズに駄目にして欲しい。

だから縋り付くように扉に手をつき、浅ましく尻を突き出した。ぬぷんとすこしだけ先っぽが潜り込む。

「あっ、んんっ」

からかうようにペニスを引き抜かれ、思わず尻をくねらせたところ、ぐっとペニスを挿入された。

「ヒッ、ぐっ、あああ」

半分くらいひと息にペニスを押し込まれ、俺は全身を硬直させた。尻の穴がジンジンする。しこった乳首が空気に触れるのさえつらかった。ゴムの中でペニスがぴくぴくわないている。

「全部入れるぞ」

宣言通りに、白石が奥を目指してくる。逃げる腰はすぐに追い詰められ、なすすべもなく最後まで貫かれた。身体の真ん中を肉の剣で串刺しにされる。

「あ。あ。あ！」

衝撃でペニスを掴む手が止まる。白石の指が伸びきて掌ごと大きく扱かれた。耐え切れず悶絶する。尻を片手で割り開かれ、結合部を親指でぐるりと辿られた。

「こんな狭いトコに、俺のがずっぽりハマってる」

白石が興奮した声でそんなことを囁いた。嫌々するようにかぶりを振ると、耳朶をねっとり舐られる。

「このまえは夢中すぎて、イマイチ実感が湧かなかったんだけど……改めてすげえな、これ」

　自分のことばに煽られたのか、白石がペニスを出し入れしだした。最奥はまだ男の大きさに慣れていない。思わず哀願してしまう。

「待って、頼むから、ゆっくり……ッ」

「ああ……わりぃ」

　俺の頬へ口づけを施し、白石は頷いた。じりじりと本当にゆっくり、ペニスが抜き差しされる。

（あ、ゆっくりだと……白石の形、わかっちゃう）

　大きな笠が入り口を割り開き、前立腺を通過して、深いところまでみっちりと埋め尽くす。そして今度は肉の襞に逆らいながら、来た道をふたたび出て行こうとする。コリコリにしこった前立腺を、ペニスの括れでまた叩かれる。大量の先走りが射精したみたいにコンドームの中へ迸った。

「あ、だめ、だめ、ゆっくりだめぇ……！」

　尻を震わせ思わず叫ぶと、白石にワガママだな、と咎められた。そうして首筋にあたる吐息にさえ、感じて肌がそそけだつ。

　白石は俺の腰をがっしり掴むと、クライマックス並みに激しく腰を使いだした。

「あ、あ、ああ」

バカ、声でかすぎ。慌てた声とともに白石に口を塞がれる。ひとのこと叫ばせてるのはどこのどいつだよ。文句を言ってやりたいのに、もごもごとくぐもった声しか出せなかった。

その鬱陶《うっとう》しい掌を押し退けたところ「シッ」と鋭い声で窘《たしな》められた。

（あ……）

俺もすぐに気がついた。廊下を進むひとの足音。どんどんこちらへ近づいてくる。頼む、来ないでくれという願いも虚しく、扉が軋み誰かが中へ入ってきた。

繋がったまま、白石と顔を見合わせる。声を殺していると、ふいに驚きの声が聞こえてきた。

「葉月、いるのか」

太田先輩だ。俺のことを探しに来たらしい。

どっと全身から汗が噴き出してくる。同時に強く白石を締めつけてしまい、ふたり同時に声を噛み殺すハメになった。

（ヤバイヤバイヤバイ）

先輩を撃退したことに後悔はないが、こんな姿絶対に見られたくなかった。俺たちに気づかず、無事先輩は出て行ってくれるだろうか。

そのとき俺は気がついた。トイレの個室は床と扉のあいだに十センチ弱の隙間がある。

先輩が下から覗き込みでもしたら、中に俺がいるとバレる可能性が大だった。

何故なら今俺が履いているのは定番スニーカーの限定カラーで、まえに先輩からも「その色珍しいな」と言及されたことがあるからだ。きっと覚えているだろう。

『ヤバい、靴でバレる！』

超小声で囁くと、白石も扉の下の隙間に気がついた。ひとりテンパっていると、白石にそっと肩を叩かれた。「任せろ」と口の動きだけで俺に言う。

（へ、あ……!?）

白石が俺の膝裏をすくいあげる。足が浮き、慌てて扉で上体をささえた。ガタンと大きな音がして、個室の外で太田先輩が息を飲んだ気配がした。

心臓が壊れたおもちゃみたいに、めちゃくちゃに拍動する。その音が先輩のところまで聞こえるんじゃないかと気が気じゃなかった。

不安定な体勢に、こんなときなのにきゅううと後ろが収縮する。心臓と同じリズムでペニスまで脈打った。

（隣の個室から覗かれたら、全部終わる……）

俺が戦々恐々としていると、足音が次第に近づいてきた。先輩が扉一枚を隔てた向こうでこちらの様子を窺っている。絶体絶命の状況。それなのに。

（え、ちょっ、嘘、だっ……）

白石がゆっくり腰をグラインドさせる。剛直にちょうど悦い処を抉られて、ぶわっと涙があふれてきた。

（あ、やだっ……だめ、だめぇ）

身体を支える両手が震える。このままじゃ声を抑えることができない。絶望的な気持ちとは裏腹に、身体はどんどん昂ってゆく。ひーと音にならない声が漏れた。

（も、イク、いっちゃ――）

わななく尻。絶頂の瞬間、声が漏れる。それを白石の唇が奪ってくれた。ちっちゃいこどもが小便をするような格好で射精する。惨めなぶんだけ、その快感は強烈だった。

精液を吐き出したせいで、コンドームのさきが重くなる。噴き出した汗にまみれた身体を、俺は背後の白石に委ねてやった。

よろよろと俺を抱えたまま、白石が便器に腰を降ろす。自重でさらに奥まで犯されて俺は眼を白黒させた。

泣きながら横暴な男を睨みつける。白石は見たこともない淫靡《いんび》な顔で笑って言った。

「良かったな。イって」

「おまえ……！」

怒鳴ろうとして、ハッと口を塞ぐ。今の外に聞こえただろうか。さっきまでの努力はなんだったんだ。

「大丈夫だって。先輩もう行ったから。良かったたって言っただろ、今」

「あ……あ……そうなの」

よかった、という安堵とともに感じていた怒りが収束する。そうして後に残されたのは、尻にペニスが入ったままの射精直後の俺だった。

「あ、ン」

耳孔へ濡れた舌をねじ込まれ、喘ぎながら仰け反った。慌てて口もとを押さえると、白石に意地悪く囁かれる。

「ちゃんと声抑えておけよ」

刹那、激しく下から突き上げられる。ぐぷぐぷと溶けたクリームが結合部からあふれてきた。背後から乳首をふたつ同時に潰されて、反射的に最奥を締めつけてしまう。

「ん、んぅ、んんん！」

絶頂の余韻でいまだにヒクつく内壁を縦横無尽に貪られる。思い切り声を出せないせいで、快感が内側に籠るのが苦しくてつらかった。

啜り泣く俺の髪を撫でながら、白石がぞっとするほど優しい声で言った。

「なあ……このままみたいに、後ろだけで達けよ」

「んっ、んんぅ」

泣きながら必死にかぶりを振る。達して半分萎えていたペニスはふたたび力を取り戻しつつあった。コンドームのたまりに精液がちゃぷちゃぷと揺れるのが、我ながらひどく無様だ。

「一番奥で出してやる。おまえはこれから俺の精液を腹に溜めたまま、友達と行き会うたびに挨拶して、電車に乗って帰るんだ。家に着いたらおばさんにもちゃんとただいまって言うんだぞ」

　興奮して上擦った声で白石が囁く。嫌々するようにかぶりを振るが、許されずねっとり耳朶を甘噛みされた。

　マジもう信じられない。コイツ、どんな性癖だよ。このぶんだと最初から完全に中出しするつもりだったらしい。そりゃ、俺にコンドームつけた時点で多少覚悟はしてたけどさ。

（下衆《げす》だ。鬼畜《きちく》だ）

　なにが最悪かって、そんな下衆な鬼畜野郎に俺がメロメロになっていることだ。雌みたいに組み伏せられて強引に種付けされたがっている、頭のおかしい俺自身が誰よりも最低最悪だった。

「やだ、やっ……なか、ダメ、だってぇ……！」

　形がひしゃげるくらい指で摘まれた乳首が気持ちいい。誰にも触れて貰えない勃起したペニスが切なかった。自分の指に噛み付いて、必死に耐える。

（中で、イキたくない）

白石を増長させるだけだ。でも嫌だと思えば思うほど、尻を意識してしまう。白石も限界に近いのか、ぐぐっと体積が大きくなった。俺の中で脈打つ熱の塊《かたまり》に、責め苛まれ身を捩る。

「優征………ッ」

後ろ髪を掴まれて、唇へ無理矢理キスをされる。自分から舌を差し出すと、どこで切ったのか鉄錆の味が口いっぱいにひろがった。ちいさな痛みさえ、簡単に悦楽へと変わる。これ以上ないほど深く白石に穿たれながら、俺は絶頂を迎えた。ペニスの先端が浅ましく、口を閉じたり開いたりする。だがそこから精液が放たれることはなかった。

ほとんど間を置かずして、白石が背後で呻く。ぶるぶるとおこりのように震え、俺の中に欲望のすべてを吐き出した。

頭も視界も真っ白だ。互いに息を荒げながら、それでも舌をからませるのを止められなかった。キスを繰り返しながら身体がビクビクと跳ねる。このままなしくずしにふたたびはじまってしまいそうで、どうにか相手から身を離した。ペニスが抜ける瞬間、鳥肌を立てる俺を見て、白石が諦め悪くキスを仕掛けてくる。相手の顔面を容赦なく押し退けながら、とっとと身支度を済ませた。

中出しされた精液も始末をしたつもりだが、ちょっとは残ったかもしれない。いざ熱狂が冷めてしまえば相手への軽い殺意が残った。

「次やったらブチ殺す。っていうか、へし折るから」

「へし折……」

少女のように肩を震わせる親友兼恋人を一瞥し、洗面台で手を洗う。乱れた髪を整えるため鏡を覗き込むと、目尻をほんのり赤く染めた絶世の美青年が映っていた。

どうしよう、写メ撮っておくべき？　でもこの凄絶《せいぜつ》な艶っぽさがたかだか八百万画素におさまりきるだろうか。

悩む俺の横で、同じように手を洗っていた白石がぼそっと呟いた。

「太田先輩のこと部長に話すついでに、俺たちのことも一応報告するか？」

「あー……そうか、そうだなあ」

いくら俺が男とはいえ後輩をレイプしようとしたんだから、太田先輩の件は部長に言っておくべきだろう。サークルもたぶん退部させられる筈だ。

一宮部長の凍えるような微笑みを思い出す。俺たちの仲については知らせたところで「あっそうなの」で終わるような気もした。あのひとに関しては、まったく読めない。

「おまえ、またぼうっとして……そういうところが昔から放っておけないんだって」

「ひと目惚れだろ。中学の頃からって、相当年季入ってるよな。俺、ぜんぜん気がつかなかった」

俺のことばに白石は違う違う、と首を振る。

「ひと目惚れしたのは中学じゃねーよ。小学校四年のとき。公園で六年にからまれてるの助けたことあっただろ」

忘れたのか、と呆れたように告げられて、必死に昔を思い出そうとした。

小学校で白石と同じクラスになったことはなかった筈だ。白石の家は小学校は学区が別で、中学からは一緒になった。

でも近所ではあるし近所の公園でなら、会っていてもおかしくない。おぼろげな記憶の底を必死に探る。

幼い俺は小柄で華奢なうえ、少女と見紛《みまご》う美少年だったため、同級生や上級生の男子によくちょっかいをかけられていた。

「俺が今まで会ったなかで一番の美少女だと思ったら、男だったってオチな。中学の部活で再会したときはマジでびっくりした。まあ、そのあと一緒につるんでるうちに男とか女とか関係ないとこで惚れたけどな」

「マジすか……」

小四小四と唱えているうちに、ぼんやりと当時のことが浮かび上がる。

「あっ、あ！」

あるとき公園で遊んでいると、デカくて乱暴な六年生に髪を掴まれ引きずりまわされたことがあった。そのとき助けてくれた少年。ざっくりした短髪、鋭い目、陽に焼けた顔。

思い出して俺は叫んだ。

「スペシャルウルトラライダーキック！」

「思い出したのか。……今まで忘れてたくせに、なんでソレは覚えてるんだよ」

ジャングルジムのうえから颯爽《さっそう》と降り立った少年は、勇ましい技名とともに自分よりも大きな少年を蹴り飛ばして泣かせていた。

一度思い出してしまえば、記憶は次々と甦る。

『おまえ、名前は？　何年生？』

幼い白石が俺に訊ねる。涙を必死に拭いながら俺は答えた。

『葉月優征、四年生』

『ハヅキユウセイな。四年生って俺とタメかよ、絶対下級生だと思ったのに』

眼を見開き、白石が叫ぶ。俺が名前を訊こうとするまえに相手は胸を反らして宣言した。

『俺は白石宇宙。ソラは宇宙って書いてソラって読むんだ、格好良いだろ。ユウセイおまえは、今日から俺の家来になれ』

いくら助けてもらったとはいえ同級生の家来になるなんて、ちょっと嫌だ。そう思った俺が答えるのをためらっていると、白石少年は大人びた顔で笑ってみせた。

『そのかわり、俺が一生おまえのことを守ってやる！』

今となっては微笑ましい思い出だ。つい頬がニヤけてしまう。

「おまえは今日から俺の家来になれ、とか言ってたな」

「だからそのへんは忘れろって」

それからすぐ、俺は塾に行くことになって公園で遊ぶことはめっきり減ってしまった。だからそのときの少年とふたたび会うことはなかったんだ。でもちいさな俺にとって、彼はヒーローであり王様でもあった。ついさっきまで綺麗さっぱり忘れてたけど。

「その節は、どうも助けて頂いてありがとうございました」

「いえいえ、どういたしまして」

お互い律儀に頭を下げ合って、トイレでなにやってんだと突っ込みたい。

でもまあ、キャンパスのプリンスこと俺と結ばれたのが、こどもの頃に出会っていた謎の王様だったなんて、よくできた話じゃないか。

（一生守るなんて大袈裟な台詞も、有言実行してくれていたみたいだし？）

太田先輩の魔手からさりげなく俺をガードし、おかしな連中にさらわれたときもすぐに駆けつけてくれた。

ぽん、と俺は掌を打った。

「こういうときはアレだ〝めでたしめでたし〟で終わっていいんじゃない」

俺のことばに白石が笑う。笑顔にはちいさな王様の面影があった。めでたしめでたし。

■あとがき■

鹿嶋アクタと申します。

初めましての方も、そうじゃない方も、このたびは本書『振ってやるから、俺が好きだって白状しろ！』をお手に取って頂き誠にありがとうございます！

あとがきを読むのは大好きです。作品の裏話や著者の近況など伺うのはとても楽しいです。時にはあとがきから先に読んでしまうこともあります。でもいざ自分が書く側にまわるとなんて難しい……！

実は今回初めて文庫を出して頂くこととなり、いまだに信じられない気持ちでいっぱいです。なにぶん書き慣れないため、お見苦しい点などございましたら申し訳ありません。

イラストレーターの桜城やや先生、担当のO様、なにより現在本書にお目を通してくださっている皆様、重ねてになりますが、本当にありがとうございます。

今回の主人公は癖のある性格で、ひとによって好き嫌いが分かれそうではありますが、もしも気に入って頂けたら嬉しいです。駄目だった方はすみません……！

普段の自分とは思い切りかけ離れた性格なので、プロットの段階では難航しそうに思えた執筆作業も、書いているうちに段々楽しくなってゆき、すべて書き終えた今すこし寂しい気持ちです。

優征のようにポジティブ（?）に生きられたら人生とても楽しそうです。

ちなみに優征も宇宙も当初は別の名前になる予定だったのですが、ググる先生で検索した結果、実在する◯◯クンのＳＮＳアカウントを発見してしまい現在の名前へと変更しました。書き終えた今となっては、ふたりの名前はこれで良かったと思っています。

そろそろ紙面も尽きて参りました。このような益体も無いあとがきに最後までお付き合い頂き、感謝の気持ちでいっぱいです。

いつかまた皆様とお目にかかれますように。

鹿嶋アクタ拝

初出
「振ってやるから、俺が好きだって白状しろ!」書き下ろし

CHOCOLAT
BUNKO

この本を読んでのご意見、ご感想をお寄せ下さい。
作者への手紙もお待ちしております。

あて先
〒171-0021東京都豊島区西池袋3-25-11CIC IKEBUKURO BUIL 5F
(株)心交社　ショコラ編集部

振ってやるから、俺が好きだって白状しろ!

2015年7月20日　第1刷

著　者:鹿嶋アクタ
発行者:林 高弘
発行所:株式会社　心交社
〒171-0021　東京都豊島区西池袋3-25-11
CIC IKEBUKURO BUIL 5F
(編集)03-3980-6337 (営業)03-3959-6169
http://www.chocolat_novels.com/
印刷所:図書印刷 株式会社

小説ショコラ新人賞 原稿募集

賞金

大賞…30万
佳作…10万
奨励賞…3万
期待賞…1万
キラリ賞…5千円分図書カード

大賞受賞者は即文庫デビュー！
佳作入賞者にも即デビューのチャンスあり☆
奨励賞以上の入賞者には、担当編集がつき個別指導!!

第十回〆切
2015年10月9日(金) 消印有効
※締切を過ぎた作品は、次回に繰り越しいたします。

発表
2016年1月下旬 ショコラHP上にて

【募集作品】
オリジナルボーイズラブ作品。
同人誌掲載作品・HP発表作品でも可（規定の原稿形態にしてご送付ください）。

【応募資格】
商業誌デビューされていない方（年齢・性別は問いません）。

【応募規定】
・400字詰め原稿用紙100枚～150枚以内（手書き原稿不可）。
・書式は20字×20行のタテ書き（2～3段組みも可）にし、用紙は片面印刷でA4またはB5をご使用ください。
・原稿用紙は左肩をWクリップなどで綴じ、必ずノンブル（通し番号）をふってください。
・作品の内容が最後までわかるあらすじを800字以内で書き、本文の前で綴じてください。
・応募用紙は作品の最終ページの裏に貼付し（コピー可）、項目は必ず全て記入してください。
・1回の募集につき、1人2作品までとさせていただきます。
・希望者には簡単なコメントをお返しいたします。自分の住所・氏名を明記した封筒（長4～長3サイズ）に、82円切手を貼ったものを同封してください。
・郵送か宅配便にてご送付ください。原稿は原則として返却いたしません。
・二重投稿（他誌に投稿し結果の出ていない作品）は固くお断りさせていただきます。結果の出ている作品につきましてはご応募可能です。
・条件を満たしていない応募原稿は選考対象外となりますのでご注意ください。
・個人情報は本人の許可なく、第三者に譲渡・提供はいたしません。
※その他、詳しい応募方法、応募用紙に関しましては弊社HPをご確認ください。

【宛先】 〒171-0021
東京都豊島区西池袋3-25-11
CIC IKEBUKURO BUIL 5F
（株）心交社 「小説ショコラ新人賞」係

CHOCOLAT BUNKO

CHOCOLAT BUNKO

好評発売中！

人魚王子と泡沫の恋

桐嶋リッカ

イラスト・yoco

ずっと憧れていた。命をかけてもいいと思える程の恋に。

恋に生きるのが人魚——そう自ら認める種族ながら、今まで一度も恋をしたことがない水柳凛々。追放された祖国に戻るため他国の王家との政略結婚を受け入れたある日、道で倒れたところを美術講師・コンラートに助けられる。見惚れる程の容貌だがどこかお人よしで憎めない彼に好感を持った凛々は、陸での残りの日々を共に過ごすことにする。それが、命を賭けてもいいと思える程の激しい初めての恋の始まりだとも気づかず…。